转蓬集

吉中君 著

春风文艺出版社
·沈阳·

图书在版编目（CIP）数据

转蓬集／吉中君著. —沈阳：春风文艺出版社，2024.6
　　ISBN 978-7-5313-6715-4

Ⅰ.①转… Ⅱ.①吉… Ⅲ.①古体诗—诗集—中国—当代 Ⅳ.①I227

中国国家版本馆 CIP 数据核字（2024）第 108329 号

春风文艺出版社出版发行
沈阳市和平区十一纬路 25 号　邮编：110003
四川科德彩色数码科技有限公司印刷

| 责任编辑：韩　喆　周珊伊 | 责任校对：陈　杰 |

幅面尺寸：145mm×210mm
字　　数：230 千字　　　　　　　　印　张：9.75
版　　次：2024 年 9 月第 1 版　　　印　次：2024 年 9 月第 1 次
书　　号：ISBN 978-7-5313-6715-4　定　价：58.00 元

版权专有　侵权必究　举报电话：024-23284391
如有质量问题，请拨打电话：024-23284384

转蓬难得一日闲

（自序）

十年前，我毅然抛弃"铁饭碗"下海了。

"下海"，曾经是一个时髦词。敢"下海"者，曾被认为是那个时代的弄潮儿。"下"不逢时的我，转眼已十年，实现"长风破浪会有时，直挂云帆济沧海"的梦想了吗？

"辞官两年余，转战川鲁渝。壮志尚未酬，寒霜何所惧。"尽管历经坎坷与艰辛，但我仍不失"老骥伏枥，志在千里"和"莫道桑榆晚，为霞尚满天"的雄心。

所谓"下海"者，对我来说实质上就是一个打工者。其间的酸甜苦辣与喜怒哀乐，非亲身经历，纵然老年亦"不识愁滋味"。从民企到国企，从外地到本土，从枣山到奎阁，从"一句顶万句"到"万句不顶一句"，从在其位谋其政到不在其位亦谋其政，角色转换之频让我备感压力，如履薄冰，毕竟一句话讲不对、一件芝麻小事没办好就可让你马上提着包包走人。

桃李春风一杯酒，江湖夜雨十年灯。所幸的是，我在这种压力和煎熬中已经走过了十年，甚至可以说是挺过了十年。此时此刻，我不为当初的选择而后悔，反而为人生拥有这段经历而窃喜和自豪。

何以解忧，唯有古诗。在工作之余，我找到了解忧遣闷的办法。从《附雅集》到《穿越集》，再到这本《转蓬集》，我经历了一个从鹦鹉学舌、东施效颦到"不管风吹浪打，胜似闲庭信步"的过程。

"欲穷千里目，更上一层楼。"只要坚持下去，定会有新的斩获。

2023. 2. 5

目录 Contents

踏遍青山人未老

广安游（四首） …………………………………… 002
上下班道中杂兴 …………………………………… 004
题终南山 …………………………………………… 009
春日偶成 …………………………………………… 010
春　雨 ……………………………………………… 011
闲　吟（五章） …………………………………… 012
暮　春 ……………………………………………… 014
再游天府广场 ……………………………………… 015
上下班道中有吟 …………………………………… 016
月夜即兴 …………………………………………… 018
赴粤考察学习有感 ………………………………… 019
月份吟 ……………………………………………… 020
车过广州黄埔军校大门未入 ……………………… 024

酒都行	025
重庆飞拉萨机上作	026
西藏游（九题）	027
西藏纪游	032
中元节作	033
金秋吟	034
再题思源广场水景	035
清明会戏题	036
清明上坟探旧居	037
谒陈毅故居	038
机上纪事（二首）	039
京城纪游	041
京沪高铁纪行	043
沪上行（四首）	044
谒华蓥山起义纪念馆	046
辛丑年渠江洪峰不断众游泳高手望江兴叹	047
与旧友华蓥山登高	048
赴沪发行公司债纪事	049
谒杜甫草堂	050
广场舞大妈	051
幺妹竹枝词	052
咏　柳	053
云南行（六题）	054
楼台赏雪	057

一枝一叶总关情

寄　友	060
伊　人	061
赠友人（四首）	062
杂　咏（六首）	065
奎阁感遇	068
己亥碎忆	075
故园吟	076
再答李同学	078
醉翁吟	079
母亲节感怀	081
旧　忆	082
六一怀旧	083
父亲节抒怀	084
端午感怀	085
端午家中迎客即兴	087
贺广安经开区获批十周年	088
戏赠老妻	089
生日感怀	090
蓉城会友	092
七夕戏题	093
教师节感怀	094
小女而立有寄	095
赠泳友苏明桥	097

喜逢中秋国庆同日 …… 098

别冬泳 …… 099

送母亲之二弟家 …… 100

冬日有怀 …… 101

与旧友小酌 …… 102

悼老一赵吉强 …… 103

悼袁隆平 …… 104

六一戏题 …… 105

泳友戏题 …… 106

父亲节戏题 …… 107

慈母吟 …… 108

与建平、秀华两初中同学渝州小酌得句 …… 110

公司企业债发行纪事 …… 111

下班道中戏题 …… 112

题友人月照 …… 113

同窗聚营山 …… 114

饯送付松柏履新 …… 115

贺四川银行广安分行开业 …… 116

客临舍下 …… 117

哭李正福同学 …… 118

闻上海公交坠江 …… 119

问　蝉 …… 120

与友赴云南考察纪事 …… 121

久旱喜雨 …… 122

男儿须读五车书

学诗纪事 …………………………………… 124
观　影（二首）…………………………… 126
读《红楼梦》（八题）…………………… 128
读《金瓶梅》……………………………… 132
戏题唐诗人（四首）……………………… 135
读书有感（三首）………………………… 137
观央视《中国诗词大会》………………… 139
新《陋室铭》……………………………… 141
世界读书日偶感…………………………… 142
咏昭君与贵妃……………………………… 143
依唐诗韵（二首）………………………… 145
步唐·白居易诗韵 ………………………… 146
步唐·李商隐诗韵 ………………………… 147
读　史（二首）…………………………… 149
观电视剧有感（七题）…………………… 150
刺唐·宋之问 ……………………………… 154
观央视《中秋诗会》……………………… 155
夜读偶作…………………………………… 156
读汉·项羽《垓下歌》…………………… 158
重读《红楼梦》…………………………… 159
读《水浒传》……………………………… 162
读《西游记》……………………………… 165
戏题《西游记》五圣……………………… 168

读《三国演义》	170
步唐诗韵（十九首）	174
咏竹林七贤	183
读袁枚《随园诗话》	184
步唐·杜甫诗韵	185
唐·韩翃《寒食》戏题	187
读唐诗有感（三首）	188
咏　史	190
读《东坡集》有感	192
读《楹联上的成都》有感	193
读《唐诗密码》有感	195
咏古诗人（三首）	198
读唐诗偶感	200
步毛泽东《七律·答友人》韵	201
读古诗偶感	202
读《杜甫传》有感	203
读《李白诗传》有感	204
推　敲	205
读《诗画品红楼》有感	206
读《红楼梦》（五题）	207
读《李清照传》有感	210
读《王维诗传》有感	211
读《杨慎诗歌赏析》有感	212
读苏曼殊诗有感	213
读聂绀弩诗有感	214

和古诗（五首） ······ 215

腹有诗书气自华

学诗有感 ······ 220
应聘戏题 ······ 222
贺新中国成立七十周年 ······ 224
自　题（五首） ······ 225
酒后戏题 ······ 227
偶　感（五首） ······ 229
偶　感（三首） ······ 231
团拜会席上即兴 ······ 233
古　意 ······ 234
写诗自嘲 ······ 236
劳动节有感 ······ 239
上网感事（二首） ······ 240
三角梅 ······ 242
自　嘲（九首） ······ 243
感　事（二首） ······ 248
染发戏题 ······ 249
家中阳台读书闻蝉鸣 ······ 250
自　题 ······ 252
参加法治培训有感 ······ 253
广场舞戏题 ······ 254
九一八感怀 ······ 255

"光盘行动"有感 …………………………… 256
微信支付戏题 ……………………………… 257
戏题十二生肖 ……………………………… 258
抗美援朝七十周年有题 …………………… 262
贺嫦娥五号月球采样归来 ………………… 263
招聘纪事 …………………………………… 264
杂　吟（二首） …………………………… 265
岁末感怀 …………………………………… 266
台历日记 …………………………………… 269
贺脱贫攻坚战取得全面胜利 ……………… 270
世相杂感 …………………………………… 271
贺建党百年 ………………………………… 272
酒后豪言 …………………………………… 274
贺天问一号成功着陆火星 ………………… 276
斗鼠纪事 …………………………………… 277
东京奥运会有寄 …………………………… 278
麻将戏题 …………………………………… 279
泥古作诗戏题 ……………………………… 281
苦　雨 ……………………………………… 282
公司债发行戏题 …………………………… 283
续"我有一壶酒" …………………………… 284
贺北京冬奥会开幕 ………………………… 285
观北京冬奥会闭幕式 ……………………… 286
体检有感 …………………………………… 287
农民工 ……………………………………… 288

会迷戏题 ·································· 289
参加重庆大学现代金融知识培训有感 ············· 290
炎日偶怀 ·································· 291
逆淘汰有感 ································ 292

跋 ······································ 293

转蓬集
ZHUAN PENG JI

踏遍青山人未老

广安游（四首）

前锋桃园悦野生态公园

惠农润会龙[①]，
百姓喜开颜。
扶贫堪精准，
乡村变公园。

[①]惠农，国家惠农政策。会龙，村名，属省级贫困村和公园所在村。

2019. 3. 10

银城花海[①]

万紫千红正当春，
络绎不绝赏花人。
争知今朝五彩地，
曾是昔日僻乡村。

[①]银城花海，位于广安市岳池县大石乡。

2019. 3. 16

渠江印象

广安渠江印象与滨江路、防洪堤三位一体,乃宝城休闲观光又一佳景。

一条玉带依渠江,
万家灯火闪金光。
宝州又添好去处,
红男绿女斗芬芳。

2019. 8. 1

千年一吻①

千年看一吻,
一吻逾千年。
天老人亦老,
石烂心不变。

①千年一吻,华蓥山石林著名景点。

2021. 8. 14

上下班道中杂兴

松

苍劲挺拔立巅峰,
任尔冰雪与霜风。
吾生秉性当如此,
甘为高山不折松。

梅 花

(一)

江边一树分外红,
风流过客诗意浓。
花下徘徊不忍去,
但愿人生似君同。

(二)

浑身傲气在,
总是雪中开。
吾亦有所爱,

折枝归家来。

（三）

雪中一枝花，
引来万人夸。
多少红尘客，
就中附风雅。

樱　花

春光无限好，
樱花开如雪。
农夫何时闲，
犹与东君约。

柳

碧绿柔软尽妖娆，
无限春光在灞桥。
招蜂引蝶似梦来，
带露含烟欲魂销。
忽上忽下映红日，
如痴如醉舞蛮腰。
袅袅依依总多情，
劝君莫作随风飘。

竹

（一）

低头折腰风雪中，
虚心不与青松同。
甘作笫杖助残朽，
能伸能屈亦英雄。

（二）

单打独斗非好汉，
千株万竿抱成团。
任尔风吹与雨打，
铜墙铁壁自岿然。

（三）

一片长林直抵天，
弯腰只为斗霜寒。
虚心不与花争艳，
甘把清凉留世间。

燕

忠诚总双飞，
守信年年回。

空巢秋风去，
满身春雨归①。
泥融沙暖睡②，
呢喃软语催。
朱户与柴门，
二者皆可偎。

①满身句，化宋·田为《南柯子·春景》："多情帘燕独徘徊，依旧满身花雨又归来。"
②泥融句，化唐·杜甫《绝句二首·其一》："泥融飞燕子，沙暖睡鸳鸯。"

芦 苇

东摇西摆尽随风，
头重脚轻腹中空。
<u>丛丛</u>片片满江岸，
待到用时难为栋。

小 草

间缝亦生长，
天天总向上。
昂首迎风雨，
舍身待牛羊。

敢同人斗法,
善与禾争粮。
千刀复万锄,
难以将其亡。

蝉

底事不消停?
总在高处鸣。
一眼望幽林,
两耳闻噪声。
深林疑有伏,
高枝杳无影。
既然甘隐身,
何必图虚名?

2019. 12. 7—2022. 12. 7

题终南山

（一）

功名天注定，
终南无捷径。
欲速则不达，
物极必报应。

（二）

终南天下闻，
直下是京城。
心中长安道，
嘴上严子陵①。
富贵不辞远，
功名莫舍近。
攘攘红尘客，
何必觅捷径。

①严子陵，东汉开国皇帝刘秀年轻时好友。刘秀称帝后请他为官，他坚辞不就，归隐于富春山。

2020.3.5—2021.10.11

春日偶成

春光明媚意气扬,
万紫千红斗芬芳。
碧水青山惹人眼,
红桃绿柳扮新装。
胜日附雅同挥毫,
良宵秉烛共举觞。
腹有诗书如泉涌,
鼓唇摇舌尽华章。

2020. 3. 20

春　雨

霜寒已褪去，
大地重生趣。
白日艳阳天，
黑夜及时雨。
小园喧不休，
陋室寂无语。
远在剑门外，
梦里思骑驴[①]。

[①]远在二句，化宋·陆游《剑门道中遇微雨》"细雨骑驴入剑门"。

2020. 3. 23

闲 吟（五章）

三月三

又逢一年三月三，
丽人歌声满坡山。
千载香火永相续，
但将旧习谱新篇。

小区晨练

陂塘四处闻蛙声，
树上百鸟亦争鸣。
乡村何时来城中，
晨练误入桃源境。

夜 雨

夜来风雨声，
惊醒梦里人。
心中无尘埃，

何惧鬼敲门。

清晓鸟鸣

窗外闻鸟鸣,
清晓睡梦惊。
转蓬尘事多,
感君催早行。

2020.3.26—2021.10.16

落　叶

甘将青绿染河山,
不与红花斗鲜妍。
霜雪凌枝何所惧,
舍身为主亦欣然。

2022.10.28

暮 春

江畔衣单不知寒,
残花败柳映眼帘。
浊酒三杯醉茅屋,
蛙声一片鸣田园。
材成须经严霜苦,
果香必历酷暑关。
莫叹春光将归去,
夏日炎炎更好眠。

2020. 4. 9

再游天府广场

林立高楼遮天光,
偌大广场犹巴掌。
绿草茵茵去晦气,
红花艳艳呈吉祥。
过客回眸觅记忆,
伟人挥手道沧桑。
眼花缭乱归何处,
地上地下走四方。

2020.4.24

上下班道中有吟

（一）

风风火火出宅门,
三步并作两步行。
宁可早到莫迟到,
一分一秒总关情。

（二）

垂头漫步向黄昏,
契阔一日衣满尘。
路有野花休回首,
身染余香愧进门。

（三）

晨露未晞迎朝阳,
人车竞流尘土扬。
江上风光无暇顾,
步履匆匆为稻粱。

（四）

步出高楼浑身爽，
心中百事弃道旁。
身披霞光姗姗步，
足未入户闻稻香。

（五）

天寒地冻梦不成，
穿云破雾趁早行。
转蓬何惧霜风冽，
只恨无缘观江景。

2020.5.15—2021.1.13

月夜即兴

昔日犹灯伴我行，
今夜相逢雅兴生。
桂花琼浆香万里，
长生仙丹治百病。
天上宫阙不胜寒，
武陵桃源如梦境。
豪饮三杯家何在？
醉看嫦娥笑盈盈。

2020.5.19

赴粤考察学习有感

千里姻缘一债牵[①],
九州国开共婵娟。
蹊径另辟岂甘后,
扁舟独棹敢为先[②]。
热心待客臻细微,
信口逐浪论文钱[③]。
两广携手为共赢,
东西合作霞满天。

①债,指国家级广安经开区所属恒生投资开发有限公司与国家级广州开发区所属金融控股集团粤开证券有限公司合作发行企业债事。

②蹊径二句,言改革创新和市场化步伐之快。

③热心二句,言客户第一和效益至上理念。

2020.6.12

月份吟

（一）

一月复始万象新，
怀揣梦想踏征程。
默默付出终得报，
苍天不负苦心人。

（二）

二月春风驱霜寒，
弄花听雨倚栏杆。
豆蔻梢头花欲放，
骚人何需恨梅残。

（三）

三月里来桃花开，
城中红粉踏青来。
蜂飞蝶舞斗芳菲，
方寸之心万里怀。

（四）

四月将尽春欲尽，
乡村田园亦醉人。
劝君莫负好时光，
残花败柳入诗文。

（五）

五月山花分外红，
喜看麦浪万千重。
清风徐徐稻花香，
夜半蛙声惊睡梦。

（六）

六月荷花满湖香，
舟中红裙东西望。
重重绿伞迷双眼，
日暮归来不见郎。

（七）

七月流火七月诗，
夏日炎炎正当时。
斗室萧萧自有乐，
两耳不闻窗外事。

（八）

八月十五夜未央，
欲罢不能难尽觞。
嫦娥应解君心苦[①]，
咬文嚼字著华章。

①君，笔者自指。

（九）

九月九日共登高，
青山翠谷传语笑。
东篱把盏赋雅兴，
任它秋风吹落帽[①]。

①吹落帽，用东晋孟嘉登高落帽典。

（十）

十月金秋染金黄，
神州处处尽风光。
走遍天下徐霞客，
不知何时还故乡。

（十一）

十一月去天欲雪，
九曲回肠孤烛夜。
功名纵有千般好，
江湖归去意已决。

（十二）

十二月尽年亦尽，
千里秦川多雪印①。
风雨霜寒挡不住，
熙来攘往归乡人。

①千里秦川，此指山川大地。

2020. 6. 19—6. 24

车过广州黄埔军校大门未入

因公南飞到羊城,
念念不忘黄埔情。
总理遗言昭日月,
将军戎功铭旗旌。
兄弟携手成败定,
儿孙接力民族兴。
只恨忙里难偷闲,
神游亦不枉此行。

2020.6.29

踏遍青山人未老

酒都行

是日率队赴宜宾翠屏区考察石墨烯新材料项目。

千里风尘一日归,
日炙雨淋何所畏。
快马亦当步后尘,
同门兄弟犹可追[①]。

[①] 同门兄弟,吾所在的蓝宝石新材料项目公司与此行学习考察对象为同一控股股东。

2020.7.8

重庆飞拉萨机上作

凌风乘槎上云霄①,
坐地升空接天高。
晴川雪封如海流,
蘑菇烟绕犹核爆。
时梦时醒百事忘,
忽高忽低万念消。
七言八句诗未成,
飞舟已过万里遥。

①乘槎,化用张骞乘槎到天河之典故。

2020.7.31

西藏游（九题）

再游羊卓雍措

蓝天白云映平湖，
青山翠谷拥仙姑。
碧波荡漾景如画，
银霜微茫影似图①。
野草遍地现牛羊，
水岸何处觅柳木。
婀娜纤细弄芳柔，
纵然百看意难足。

①霜，雪。

宿萨嘎①

时晴时雨车未歇，
忽逢胡天八月雪。
梦里牛羊归柴门，
郭外雅江流日夜②。

①萨嘎，西藏日喀则市辖县。

②雅江，指流经县城外的雅鲁藏布江。

望冈仁波齐峰[①]

擎天一柱傲群峰，

奇妙传说万千种。

梦里曾会金字塔[②]，

今日得以睹真容。

①冈仁波齐，亦称须弥山，地处西藏自治区阿里地区，藏传佛教四大神山之一。

②金字塔，冈仁波齐峰形如大金字塔。

宿塔尔钦[①]

咫尺之地拥双神，

佛祖何以独倾情[②]。

不惜千里借一宿，

但求梦中逢显灵。

①塔尔钦，位于西藏自治区阿里地区普兰县巴嘎乡，与冈仁波齐神山和玛旁雍措圣湖毗邻，是朝圣转山和转湖的起点。

②佛祖，释迦牟尼。

札达纪游[1]

晨启超日意气扬[2],
放眼飞窗尽金黄[3]。
漫道牛羊走山坡,
但见野驴戏道旁。
土林奇观存远古,
王朝旧址遗苍凉。
若是边陲烽烟起,
既来何需返故乡。

①札达,西藏自治区阿里地区所辖县。
②晨启超日,意指太阳尚未出山就启程出发。
③飞窗,车窗。

游玛旁雍措[1]

神山脚下嵌瑶池[2],
鼎鼎大名天下知。
高处可是不胜寒?
湖边冷落车马稀。

①玛旁雍措,西藏三大圣湖之一。
②神山,指冈仁波齐峰。瑶池,唐高僧玄奘在《大唐西域记》

中称玛旁雍措为"西方瑶池"。

再游珠峰

远近高低望高峰,
总在云雾缥缈中。
千里相往穿新径,
十载归来忆旧踪[1]。
前赴后继登绝顶,
你追我赶探无穷。
衰翁无缘逗英豪,
夜半独自对星空。

[1]十载,2009年吾曾游珠峰,迄今已十一年,此取整数。

再游扎什伦布寺

重楼叠阁宫墙红,
曲径通幽禅意浓。
可怜导游唇舌干,
老无灵犀似未通。

再游大昭寺

尊尊佛相栩栩生,
禅灯香火千秋盛。
叩首祈愿转经筒,
善男信女堪虔诚。

2020.8.1—8.9

西藏纪游

烦事未尽游兴飞,
天堂光景引人醉。
登高一望涯无际,
驱车四顾草正肥。
漫道天路穿地道,
且喜牛羊归柴扉。
万里风尘自有乐,
犹似西域取经回。

2020.8.9 于拉萨—重庆机上

中元节作

暑尽七月新稻熟，
秋成当思今日福。
一粥一饭皆不易，
十全十美总难图。
火光映天慰亡魂，
烟尘满地祭先祖。
精诚所至金石开，
人生处处是归途。

2020.9.1

金秋吟

江水滔滔岁月悠,
人生得意逢金秋。
山高路远无所畏,
天寒地冻何惧愁。
好说歹说由他去,
风里雨里任我走。
劝君莫叹夕阳晚,
无限光景在前头。

2020. 10. 7

再题思源广场水景

银花火树不夜天,

世纪老人露笑颜。

大珠小珠落玉池,

粗腰细腰舞婵娟。

五光十色幻影移,

七零八落游客欢。

流连依依兴难尽,

更深归来续诗篇。

2021. 1. 6

清明会戏题

细雨纷纷会宗亲,
结队成列拜祖坟。
莫道前生无缘分,
且看后世有传人。
举杯把盏抒豪气,
论资排辈表孝心。
任他面生与面熟,
相逢俱入微信群。

2021.4.4

清明上坟探旧居

尘封老屋堪荒凉,
台阶院坝茅草长。
鸡鸣犬吠犹在耳,
娘叱儿啼欲断肠。
家山有意留旧迹,
岁月无情催秋霜。
莫道一步两回头,
往昔记忆总难忘。

2021. 4. 12

谒陈毅故居

戎马倥偬建殊功,
诗书棋艺样样通。
顶天立地七十载①,
浩气长胜千年松。

①顶天立地,指陈毅如青松般挺直高洁的性格。

2021.5.2

机上纪事（二首）

企业债发行有效期将过，吾临危受命，走南闯北，王婆卖瓜。

（一）

淘金路坎坷，
好事总多磨。
几度机已失，
一年期将过。
新手赴京都，
老将出山窝。
立志在必得，
何惧颠与簸①。

①何惧句，飞机降落时遭遇大风致剧烈颠簸。

2021.5.6 于重庆—北京机上

（二）

黄浦江水激，
心事如火急。
只管银楼客，
何顾洋场戏。
夜深尚聊天[①]，
马老不停蹄。
京蓉各有约，
分道复登机。

①聊天，此指使用手机与客户沟通洽谈。

2021.5.11 于上海—成都机上

京城纪游

恭王府

（一）

占尽风水兴王城，
富可敌国惊后生。
聪明反被聪明误，
怎料今日成罪证。

（二）

神秘莫测福字碑，
天日不见何生辉。
可怜万人之上主，
机关算尽命堪悲。

北海公园

龙亭佛塔惹双眸，
太液瑶池荡轻舟。
莫道此处乃禁地，

皇家御苑百姓游。

什刹海

忙里偷得半日闲,
潇洒沿湖走一圈。
雕栏玉砌皆无兴,
但见野鸭戏水间。

2021.5.8—5.20

京沪高铁纪行

午时出京都,
飞驰不解速①。
才越绿水波,
又穿青山腹。
车内静如家,
窗外美若图。
日暮句未成②,
忽闻已至沪。

①不解速,不知速,指高铁速度快。
②句,诗句。

2021.5.9

沪上行（四首）

谒四行仓库不遂

南京路上不停蹄，
黄浦江边寻记忆。
纵然未进仓库门[①]，
八百壮士仍屹立。

①纵然句，因四行仓库抗战纪念馆闭馆，足迹虽至，参观却未遂。

城隍庙

红墙泥瓦古色香，
风雨百年知沧桑[①]。
满目琳琅赏不尽，
九州美食慰饥肠。

①百年，城隍庙有近六百年历史。

外白渡桥

十里洋场一符号，
情深雨蒙把名噪①。
长风巨浪止不住，
一路相摇到今朝②。

①情深雨蒙，指电视剧《情深深雨濛濛》。
②一路句，借《外婆桥》童谣意。

再谒四行仓库

2021年5月10日参观未遂，今日得以如愿。参观过程中禁不住心潮起伏，眼含热泪。

八百孤军壮国威，
残垣断壁矗丰碑。
一步一趋血脉张，
心潮澎湃不禁泪。

2021.5.10—6.3

/ 转 / 蓬 / 集 /

谒华蓥山起义纪念馆

建党百年喜事临,
华蓥山上祭英魂。
双枪传奇邓惠中,
钢铁意志江竹筠[①]。
甘为信仰写春秋,
不因诱惑污自身。
明史更知创业艰,
定将誓词记在心[②]。

①邓惠中、江竹筠,均为华蓥山起义中的英烈,小说《红岩》双枪老太婆和江姐的原型。

②定将句,指重温入党誓词活动。

2021.5.15

辛丑年渠江洪峰不断
众游泳高手望江兴叹

何神作孽捅天漏,
滔滔洪峰使人愁。
一波未平一波起,
唯恨不能下江游。

2021.9.6

与旧友华蓥山登高

我辈共登高,
依然胆气豪。
乡愁染鬓霜,
秋风吹落帽①。
当喜雄心在,
莫叹岁月老。
回首望归途,
天远路迢迢。

①秋风句,化东晋孟嘉登高落帽典。

2021. 10. 14

赴沪发行公司债纪事

堪惊黄浦江水激,
一波未平一波起①。
千里飞奔应无悔②,
且看今宵同欢喜。

①堪惊二句,指簿记时反复无常,险情不断。
②千里句,余专赴沪处理簿记投资应急事。

2021.12.14

谒杜甫草堂

差事役役逐风尘,
忙里偷闲谒诗圣。
万里桥西无狂夫①,
浣花溪畔有知音。
千秋流传千秋远,
几度登临几度新。
笑看茅屋今犹在,
何处可寻寒士身②。

①狂夫,杜甫在其《狂夫》诗中自谓。亦指吾虽一身傲骨,此时此地却如懵懂小儿般。
②身,此指身影。

2021.12.30

广场舞大妈

（一）

皱纹满额头，
相约黄昏后。
唱机一声响，
红裙荡悠悠。

（二）

花枝招又展，
五音未必全。
偌大广场上，
几道风景线。

2022. 5. 13

幺妹竹枝词

高顶山坡杜鹃开[①],
翠竹摇曳燕徘徊。
但见曲径深林处,
滑竿抬出幺妹来。

①高顶山,山名,此代指华蓥山。

2022. 6. 6

咏　柳

（一）

千丝万缕竞妖娆，
楚女癫狂好纤腰。
劝尔莫违南浦意，
心无定力顺风飘。

（二）

蛮腰竞舞芳心溢，
纤手轻柔拂素衣。
多少水中云影客，
柳梢月落不曾离。

2022.6.15—6.26

云南行（六题）

滇　池

银波潋滟映苍茫，
十里湖堤客路长。
对岸峰峦影犹现，
未归忽觉夜正凉。

西双版纳曼听御花园

巨象柔情招客笑，
傣家红粉尽妖娆。
菩提贝叶犹生意，
引我诗思上碧霄。

普洱茶马古道

穿越千年寻旧迹，
乱石野径引诗笔。
马帮山间梦何方，
普洱茶香飘万里。

云南陆军讲武堂

闻道台海兴风浪,
老朽来拜讲武堂。
若为九州月共圆,
敢将残命赴沙场。

碧鸡坊

牌楼矗广场,
金碧映辉煌。
最是流连处,
满街七彩装①。

①七彩装,民族服装。

昆明西山

凌虚阁上凭栏望，
五百滇池水浩茫。
绝壁龙门侧身下，
一桥飞过返吾乡[①]。

①桥，此指横跨滇池的索道。

2022.8.2—8.6

楼台赏雪

庭前独自绽蜡梅，
柳絮堪惊漫野飞。
微恙烧回入迟暮，
鹅毛忆去叹长违。
邻家少妇逗花犬，
院里小儿拼雪堆。
瑞兆丰年非是梦，
寒冬过后尽朝晖。

2023.1.15

转蓬集
ZHUAN PENG JI

一枝一叶总关情

寄 友

（一）

日久知良心，
患难见真情。
秉性不耿直，
莫做同路人。

（二）

安乐化狼性，
磨难出雄兵。
曾经风浪里，
无往而不胜。

2019.3.14

伊 人

（一）

西溪杨柳万千垂，
梨花带雨伊人泪。
喁喁私语伴清风，
月明星稀两相偎。

（二）

缠缠绵绵情，
战战兢兢心。
磕磕绊绊路，
卿卿我我人。

（三）

今宵星空分外明，
遥见嫦娥笑盈盈。
梦里佳人翩然至，
桂花美酒慰风情。

2019. 9. 7—2020. 10. 31

赠友人（四首）

赠李川江与胡姣龙

任它潮落又潮涌，
一路奔腾形影从。
浩浩川江姣龙潜，
趁波逐浪忽西东。

赠易总玲

易若乘槎游天河[1]，
玲珑乖巧逐逝波。
正逢伊人得意时[2]，
红颜一笑故事多！

[1] 乘槎，易所属一公司专营某品牌电梯。
[2] 伊，易网名。

赠杜总伯勋

忆昔初逢时,
面红复耳赤。
年少气尤盛,
理足言无忌。
非因山海仇,
却为芝麻事。
父辈结缘早,
后生悔悟迟。
无爱焉有恨,
不争岂相识。
往来一杯酒,
去留千载知。
夜长梦亦多,
日久情更炽。
风雨已同舟,
何需论彼此。

2019. 10. 5—2020. 11. 19

赠何跃禄

甘溪三载渐朦胧,
今日把觞情更浓。
大佛山中问贫户,
胡家河畔觅遗踪。
理财总以分文计,
交友当凭志道同。
难忘唇枪对舌剑,
鲠直憨厚性相通。

2023.9.20

杂　咏（六首）

贺宗族长老君玉八十大寿

青丝红颜不老翁，
亲朋满座乐融融。
推杯把盏笑迎客，
寿比南山不老松。

2019. 11. 17

吃梨戏题

一人一半赠老妻，
堪称柔情与蜜意。
摇头摆手拒不受，
嗔怪白头思分离。

2020. 7. 25

中秋寄怀

月到中秋分外明，
惆怅不见归鸟影。
天涯咫尺意何在，
饼小亦可慰亲情。

2020. 10. 1（庚子年·中秋）

卖柚翁

朝侍夕弄又一年，
硕果满枝露笑颜。
勾腰驼背担入市，
换来半日打工钱。

2020. 10. 4

郭思、欧雪莉结干亲席上得句

两女置酒结干亲，
幸蒙忝作席上人。
乐见旧属添情谊，
开怀畅饮至头昏。

2021. 1. 9

情人节戏题

露水鸳鸯情更稠,
偷鸡摸狗亦风流。
劝君莫被时尚误,
玫瑰虽香总刺手。

2021.9.3

奎阁感遇

（一）

渠水向东复南流，
任性逐梦奎阁楼。
放歌声声何致远，
登高步步不自由。
翩翩若飞折羽翼，
跃跃欲济失楫舟。
云雾蒙蒙遮望眼，
烟雨江上使人愁。

（二）

踌躇满志过江东，
此地风光分外红。
逐浪秋蓬意无限，
一切尽在不言中。

（三）

高楼凭栏瞰大江，
碧波流水咏流觞。
纵横千里未伏枥，
相望咫尺岂归乡①。
浪里行舟惊与险，
席上把盏慨而慷。
白塔凌云傲九天，
黄鹤归去尽诗章。

①相望句，意为吾家与奎阁隔江相望。乡，此指家。

（四）

江上阁楼倚长天，
朝向夕对未可攀。
矮檐曾叹总低头，
高处但恐不胜寒。
范公忧心先天下①，
贾生才调到日边②。
暮云沉沉秋风烈，
宝刀何日舞台前。

①范公,范仲淹,北宋人,千古名句"先天下之忧而忧,后天下之乐而乐"出自其《岳阳楼记》。

②贾生,贾谊,西汉人。此句化唐·李商隐《贾生》"贾生才调更无伦"。

(五)

一年半载费思量,
功过是非两茫茫。
履险渊深总向前,
求全理直亦相让。
莫叹蛟龙陷浅水,
且恨猛虎落平阳。
霜鬓转蓬当有知,
欲行未行茶已凉。

(六)

霜风落叶江水寒,
自信为霞尚满天。
足下大道千千条,
东边不通向西边。

（七）

人生志未酬，
迟暮江东游。
欲归心何甘？
未上奎阁楼！

（八）

日暮秋风烟雨蒙，
孤舟径自过江东。
孰知光景不如料，
漫无适从成飘蓬。

（九）

奎阁楼下江水平，
双鬓秋霜脚不停。
行色匆匆为哪般，
只恨心中梦无成。

（十）

奎阁楼上乱云生，
白塔脚下路难行。
子房奇谋无处展，
诸葛妙计何人信。
人事纷纭易滋愁，
客心未了难为情。
借问渠江东流水，
几时送我欢笑声？

（十一）

日落西山仍向前，
百般无那心尤煎。
人若榆木行总迟，
事如牛毛理还乱。
殚精竭虑化危机，
摧眉折腰呈笑脸。
此处按平彼处翘，
转蓬难得一日闲。

2020.1.1—2021.11.6

（十二）

转蓬摇落万般愁，
欲去还留不自由。
空有桴楫何所用，
悠悠渠水向东流。

（十三）

霜重草黄仍骋驰，
堪怜老马被人欺。
埋头忍气还流泪，
敢问东家知不知。

2022.6.11—6.12

（十四）

豪迈过江三四春，
蓦然回首泪沾巾。
徒怀满腹隆中意，
只恨身为局外人。

（十五）

岁月悠悠如水烟，
青丝转眼入残年。
莫叹人老渐无用，
豪气依然可抵天。

2022. 10. 9—10. 22

己亥碎忆

光阴荏苒又一秋,
几多欢喜几多愁。
依依难舍西溪畔,
跃跃逐梦奎阁楼。
老骥无力奈若何,
残身有疾徒增忧。
收拾雄心再出发,
不达目的不罢休。

2020.1.24（除夕）

故园吟

（一）

巍巍华蓥山，
草根生此间。
肝胆浪涛沥，
霜鬓日月鉴。
富贵如画图，
功名犹云烟。
转蓬念故土，
此情何以堪。

（二）

华蓥山下楼房沟，
七分田来三分丘。
鱼米之乡闻遐迩，
丰衣足食何用愁。

（三）

月夜引颈望东方，
秋霜上头更思乡。
难舍最是故园情，
悠悠渠江向长江。

（四）

家山杳无际，
初日入双眉。
万里云天上，
唯独鹧鸪飞。

2020.3.27—2022.6.4

再答李同学

秋蓬随风飘,
频劳同窗邀。
山川兴正浓,
江湖情未了。
甘做浪里客,
羞为笼中鸟。
非是忘故友,
相期待明朝。

2020. 4. 27

醉翁吟

青春趁年华,
诗酒共一家。
笔端文章绣,
杯里乾坤大。
舍身陪君子,
忘命逐天涯。
曾致妒者讥,
幸得羡者夸。
浓浓醉翁意,
空空墨客画。
利禄水中月,
功名镜中花。
杳杳长空雁,
仄仄井底蛙。
道尽遇冷门,
人走逢凉茶。
春风旭日升,
秋云残阳斜。
黄昏无限好,
却罹高血压。

恨至百事哀，
梦去万念罢。
成亦酒文化，
败亦酒文化。
情义诚可贵，
生命更有价。
依依辞江湖，
恋恋何须嗟。

2020.5.4

母亲节感怀

风来雨去为三子,
一生劳苦儿心知。
酸甜苦辣必先尝,
柴米油盐须细计。
咫尺难伴愧厚恩,
尘事相缠疏大义。
母爱无边终有尽,
慈乌反哺尚未迟。

2020. 5. 10

旧 忆

挂 冠

蹉跎三十年，
日久早生厌。
留心固热诚，
去意亦决然。
挥手辞廊庙，
举足涉险滩。
七年转蓬客，
泛舟江海间。

初 恋

邻桌传眉目，
彼此心有数。
口中琅琅声，
桌下暗传书。

2020.5.11—2021.3.26

六一怀旧

（一）

五彩缤纷六一天，
如梦童年浮眼前。
黄泥腐薯亦解饥，
烂衫破履不胜寒。
坡上梭滩失书囊①，
塘里戏水领竹鞭。
底事总叨当年苦，
忆旧意欲在思甜。

①梭滩，一种扑在坡地上从上往下滑行的游戏。

（二）

身负书囊上学堂，
胸前红巾任飘扬。
漫道课外作业多，
归来先当放牛郎。

2020.6.1

父亲节抒怀

人近衰年倍思亲，
阴阳相隔何见人。
殷殷嘱托犹在耳，
谆谆教诲铭于心。
子孝难尽亦惆怅，
父爱未沐总遗恨。
漫道白日笑靥露，
夜深暗自抹泪痕。

2020.6.21（父亲节）

端午感怀

（一）

粽香扑鼻酒盈樽，
口吟《离骚》哭冤魂。
任它前路多漫漫，
敢做上下求索人。

（二）

插艾可驱邪，
挂菖能除孽①。
屈子千年冤，
自兹得昭雪。

①菖，菖蒲。

（三）

佳节端午自灵均，
千年习俗传至今。
挂艾悬蒲驱奸邪，
包粽醑酒祭冤魂。
家富不忘酬贤妻，
国强更宜思直臣。
白首不移傲骨气，
口吟《离骚》效古人。

2020.6.25

端午家中迎客即兴

儿时好友谭廷才做客家中,和李白《金陵酒肆留别》与藏头诗各一首以记之。

(一)

柴门斗室亦盈香,
主客挥箸不相让。
兄弟情义道不尽,
杯来盏往共举觞。
莫怨美酒淡若水,
贫贱之交日月长。

(二)

谈笑风生话昔年,
廷内院外无猜嫌①。
才言停杯又兴起,
直把美酒倾案前。

①廷,通"庭"。

2020.6.25

/转/蓬/集/

贺广安经开区获批十周年

赛州大地春风起,
金字招牌创奇迹。
无中生有乾坤定,
自小变大天地立。
成渝携手造双城[①],
深广联姻建飞地[②]。
而今迈步从头越,
乘风破浪过千亿[③]。

①双城,指成渝双城经济圈。
②飞地,指深广产业园。
③千亿,指千亿产业园区。

2020. 6. 28

戏赠老妻

弱风未至树欲倒,
曾经肠断恨苗条。
有心长成玉环身,
无意生得飞燕腰。
昔日厌睡硬板床,
今朝喜卧席梦宝[①]。
漫道岁月不饶人,
浑圆不减老来俏。

①席梦宝,此指席梦思。

2020.7.3

生日感怀

（一）

又逢十五月，
嫦娥露笑靥[①]。
玉兔毛发衰，
桂花酒味烈[②]。
赋诗兴正浓，
红尘事未绝。
年年有今日，
把酒共相悦。

[①][②]嫦娥、玉兔、桂花酒，均用月亮相关的典故。吾生肖属兔。

2020.7.5（农历五月十五）

（二）

曾经乌云满头翻，
而今镜中尽鬓斑。
天若无情天亦老，

江流一去不回还。

（三）

潇洒半生雄，
秋来类转蓬。
朝出叶上露，
夕返月下翁。
把酒三分醉，
逢难一点通。
尚能加碗饭，
年去志何穷？

（四）

今夜月儿分外圆，
梦中千里共婵娟。
吴刚酿酒伐桂树，
嫦娥传情露笑颜。
佳酿难咽三百盏，
光阴易逝六十年。
此时莫道桑榆晚，
满地清辉入咏篇。

2022.6.13（农历五月十五）

蓉城会友

屈指一别逾五年，
重逢当惊鬓毛斑。
衙署闭门叙旧事，
客栈弄樽侃大山。
岁月沧桑何由人，
尘事纷纭不胜烦。
不觉言语断还续，
意犹未尽瓶已干。

2020. 8. 19

七夕戏题

（一）

闻道天上有鹊桥，
咫尺相连万里遥。
人间若只会此夜，
红尘男女皆可抛。

（二）

差事加班到凌晨，
归来老妻不开门。
道尽好话皆无用，
疑我在外会情人。

2020.8.25

教师节感怀

（一）

人生得来何容易，
功成难忘是吾师。
若非传道与授业，
至今不过一竖子。

（二）

生而知之安可信，
牛氏理论方为真[①]。
漫道登高以望远，
毋忘曾经托举人。

[①]牛氏理论，指牛顿名言："如果说我看得比别人更远些，那是因为我站在巨人的肩膀上。"

2020.9.10

小女而立有寄

（一）

恍若转瞬间，
尔至而立年。
母女尚斗嘴，
父子肯翻脸。
待人多孤傲，
论事总片面。
本宜采众长，
何须执己见。
性直归遗传，
功成依后天。
出门视野宽，
宅居心胸限。
沟通泯积怨，
妥协存异念。
网络固万能，
手机迷双眼。

画图当契阔,

弄勺岂等闲。

谨记娘亲劝,

勿忘乃翁言:

时已不我待,

切莫误良缘。

（二）

冤家宜解不宜结,

何况父子血脉接。

纵然今日犹陌路,

风雨过后情更切。

2020.9.16

赠泳友苏明桥

比邻而居共嗜好,
旦夕相约江中漂。
浮顶慵鲸做睡床,
入底蛟龙取泥淖。
腾蛙飞蝶秀功夫,
劈波斩浪领风骚。
英雄力有未逮时,
自惭不与试比高。

2020.9.28

喜逢中秋国庆同日

佳节难逢并蒂莲,
中华儿女尽开颜。
漫道吴刚正抡斧,
且说嫦娥已下凡。
暴风欲来尘遍地,
阴霾散去霞满天。
但喜今日桂花酒,
任它千杯与万盏。

2020. 10. 1

别冬泳

（一）

冬至尚未至，
暂与江水辞。
众口皆谏阻，
一心尽固执。
依依惜别情。
恋恋不舍意，
朽夫身有恙，
岂敢再放肆。

2020.11.1

（二）

早知破纪录，
安敢再同步。
愿尔莫相激[①]，
春来浪如故。

[①] 激，激将。

2022.11.27

送母亲之二弟家

（一）

岁月愈老情愈浓，
心本难舍还相送。
归来不闻唠叨声，
人去忽觉楼已空。

（二）

天寒勤添衣，
夜深多加被。
勤往厨房去，
少受腹中饥。
耄耋老人心，
花甲小儿体。
唧唧复唧唧，
可怜慈母意。

2020.11.21

冬日有怀

冬至数九来,
江边百事哀。
高阁隐云间,
寒风袭人怀。
命舛波折多,
身老志气衰。
此地已蹉跎,
何处重登台。

2020. 12. 21

与旧友小酌

相约今宵与共饮,
满桌尽是娘子军。
往事历历堪回首,
醇酒盏盏醉芳心。
只管往来何拘礼,
休道授受不当亲。
此生处处逢知己,
难忘曾经同路人。

2021.1.6

悼老一赵吉强[①]

忽闻噩耗传，

尔已赴九泉。

莫叹值贱命，

只惜正当年[②]。

红尘事未了，

白屋情难断。

地下若有知，

愁怨何以堪？

[①]老一，又称老挑，方言，指连襟。
[②]当年，壮年。

2021.2.7

悼袁隆平

一生执着勤耕耘，
田畴稻香慰饥人。
今日神农忽西归，
万民空巷送功臣。

2021. 5. 24

六一戏题

秋霜逢六一，
仿佛在梦里。
出门总捣蛋，
归家亦调皮。
腹中把戏多[①]，
堂上谁能敌[②]。
愁绪何日消，
返老还童时。

①把戏，计谋、计策，此指花招、鬼点子。
②堂，课堂。

2021.6.1

泳友戏题

残梦依稀天未明，
微信群里催不停。
莫怨打望后下水，
且看聊天先报名。
雌赶雄追情何堪，
阴盛阳衰恨难平。
屏声敛息徘徊久，
更衣室传浪语声。

2021.6.19

父亲节戏题

头白方知为父艰,
全家之主失威严。
曾经一言抵九鼎,
而今千字输半钱[1]。
正颜厉色令儿畏,
苦口婆心讨女嫌。
任尔唠叨声不休,
且当微风拂耳边。

[1] 而今句,反"一字千金"意。

2021. 6. 20

慈母吟

（一）

娘老思报恩，
儿大不由人。
萱堂难驻足，
尘事总缠身。
低头叹只影，
举目何见亲。
明日复明日，
愧言寸草心。

（二）

麦饭满屋香，
时久已生凉。
奔波人未还，
坐等不开张。

（三）

酷暑日难挨，

游子未归来。
宁肯独自受，
空调暂莫开。

（四）

家事纷纭恼无量，
吵吵嚷嚷乃平常。
待到儿媳相争时，
总是暗向我一方。

（五）

沧桑已入耄耋年，
依旧操劳未得闲。
儿事纷纭情更迫，
孙身偶恙意尤煎。
报国不吝文几字，
劝课何曾拒再迁①。
寸草之心难以尽，
但凭苦咏慰慈萱。

①报国二句，化岳母刺字与孟母三迁典。

2021.7.2—2022.7.20

/ 转 / 蓬 / 集 /

与建平、秀华两初中同学渝州小酌得句

朱颜已改起皱纹,
相逢总是叹黄昏。
珍馐满席唯养眼,
粮液盈樽但沾唇[①]。
推杯把盏影犹在,
猜拳行令声难闻。
昔日豪情何处觅?
岁月悠悠不饶人。

①粮液,五粮液。

2021.7.4

公司企业债发行纪事

风雨三载路漫漫，
才闯险隘又夺关。
寒去暑至过万水，
南来北往越千山。
一波三折事易反，
七嘴八舌口难辩。
莫叹愁云遮笑靥，
尘埃落定尽开颜。

2021.6.4

下班道中戏题

（一）

楼空人去送夕阳，
同僚匆匆我不慌。
心中自有小九九，
省教妻唤下厨房。

（二）

一自登楼叹日长，
身不由己总瞎忙。
辞庙已抛功名累，
归家正闻稻米香。
莫怨薄俸交堂客，
且看美味待君郎。
野花香草留不住，
茅屋三间犹磁场。

2021. 7. 15

题友人月照

白云簇嫦娥，
惹我欲吟哦。
人间生是非，
天上落横祸①。
弦断知音少，
道阻风雨多。
滴水恩未报，
以此答剑波②。

①人间二句，指友人在人生中遭遇的某挫折事。
②剑波，友人名。

2021. 8. 21

同窗聚营山

秋来满头染鬓斑,
彼此相对无多言。
席上冲客曾高调[1],
台下英雄非当年。
岁月原本如流水,
人生何奈似云烟。
相逢未忘儿孙事,
一樽浊酒尽余欢。

[1]冲客,方言,豪客。

2021.9.5

饯送付松柏履新

两年方去生^①,
忽别之武胜。
延客出妙计,
留臣动真情^②。
人分意愈浓,
地远心自近。
把盏共寄君,
座中泪盈盈。

①生,生疏。
②客、臣,均指作者。

2021.9.9

/ 转 / 蓬 / 集 /

贺四川银行广安分行开业

细雨逢良辰,
喜气盈金门。
笑靥迎旧客①,
携手结新亲。
当怀惠民意,
不忘感恩心。
银河出黑马②,
一鸣便惊人。

①旧客,吾所在公司等在开业之前早有业务合作。
②银河,意指银行界。

2021.12.18

客临舍下

一晃过十年,
人生已翻篇。
新醅随豪饮,
往事付笑谈。
友情深似海,
君恩重若山。
夕阳亦堪惜,
莫负桑榆晚。

2022. 2. 19

哭李正福同学

忽闻平地起惊雷,
花落人去何堪悲?
愿君莫忘前生技[①],
九泉亦可弄余晖。

①技,指同学三年所学果树专业知识。

2022.4.11

闻上海公交坠江

  2022年6月28日，上海一公交车突发意外坠江。事发前驾驶员知自己身体异常，即让全体乘客提前下车；其同事发现对方车迹异常后即停下自己的车迅速追赶，坠江后餐馆店员、快递小哥亦跳江相救……

> 大祸将临念旅人，
> 赤脚追赶不甘心。
> 英雄多自平凡处，
> 危难关头显本真。

2022.7.2

问 蝉

（一）

底事朝鸣与夜啼，
树间犹似声声泣。
火云炎日为哪般，
高调何须还隐匿。

（二）

身巧隐高枝，
悲鸣犹马嘶。
寻他千百度，
脱壳当何知？

2022.7.24

与友赴云南考察纪事

伴友赴滇南,
恰值伏季天。
三更商百计,
一日越千山。
举步上长埂①,
踏泥下稻田。
鱼熊可两得,
忙里总偷闲。

①长埂,指滇池海埂大坝。

2022.8.7

久旱喜雨

（一）

巴蜀连晴炎日天，
高温一再破极端。
正疑磨难何时尽，
珠雨忽然降世间。

（二）

久旱遇甘霖，
陡凉慰苦心。
玉滴窗外逗，
眠客梦中吟。

2022.8.29

转蓬集
ZHUAN PENG JI

男儿须读五车书

学诗纪事

（一）

大千世界深无穷，
桑榆学海兴尤浓。
惹得老妻多嗔怒，
朝夕书虫与网虫。

（二）

春尽轻寒尚未尽，
迫不及待拜诗人。
起承转合沿脉蹈[①]，
平仄音韵依规循。
一字一句总较真，
全心全意亦消神。
清茗不觉香已淡，
何日与君重论文。

[①]脉，诗脉。

（三）

斗室踱步万千程，
辗转反侧梦不成。
夜深忽有一句来，
翻身起床对孤灯。

2019.12.6—2022.4.30

观 影（二首）

长津湖

万里雪飘不见人，
十万雄兵蛰长津。
虎狼对决红双眼，
兄弟上阵抱一心。
勇士壮举惊天地，
冰雕英姿泣鬼神。
谁道男儿不轻弹，
未罢早已泪沾襟。

2021. 10. 4

跨过鸭绿江

忍看狼烟漫江边，
倘使唇亡齿亦寒。
卫国不惧生与死，
保家何吝坛和罐。

含石充饥泣鬼神,
捂枪取暖惊地天。
几门大炮凌东方,
自此一去不复还。

2021.12.28

读《红楼梦》(八题)

观 87 版电视连续剧《红楼梦》,读红楼梦诗词鉴赏及相关红学书籍,特题。

(一)

自言满纸皆荒唐,
争知传世复流芳。
多少离合悲欢事,
顽冥石头记炎凉。

(二)

纨绔公子何放浪,
脂粉小姐斗芬芳。
荣国府里故事多,
花开花落梦一场。

（三）

钩心斗角荣国府，
争芳斗艳大观园。
古来盛极必致衰，
一朝树倒猢狲散。

（四）

原本乃金玉良缘，
怎奈却命尽人散。
正待含苞吐蕊时，
重露繁霜压枝间。

（五）

婷婷袅袅愁锁眉，
弱柳扶风喘微微。
寒塘冷月葬花魂[1]，
潇湘妃子命堪悲。

---

①寒塘句，化第七十六回黛玉与湘云联诗"寒塘渡鹤影，冷月葬花魂"。

（六）

补天弃石下凡间，
曹氏匠心著鸿篇。
虚假之语却映真，
荒唐之言何怪诞？
真灵福地藏玄妙[1]，
警幻仙姑司愁闲。
漫道绿林有好汉，
脂粉英雄亦红天。

[1] 真灵福地，亦称太虚幻境，续作者高鹗所改。

（七）

石头红楼两名同，
无碍巨著上巅峰。
纵然粉丝千千万，
难敌晓旭一人功[1]。

[1] 晓旭，陈晓旭，87版电视剧《红楼梦》林黛玉饰演者。演出获极大成功。

（八）

三十年前读未懂，
而今复温亦朦胧。
似是似非荒唐言，
亦真亦假乱世凶。
虚实明暗迷人眼，
诗词曲赋荡吾胸。
妙笔千重藏深意，
百读不厌兴无穷。

2020.1.8—1.11

读《金瓶梅》

（一）

人事本自水浒生，
奇书翻背淫书名。
谈虎未必还色变，
时光悠悠知负胜。

（二）

俗情俗理俗事多，
一书道尽人间恶。
随意淫女总思迁，
何处浪子不作恶。
廊庙黑暗朝纲失，
市井狡诈世情薄。
浮生因果自有报，
上坡之后是下坡。

（三）

酒色财气样样贪，
流氓无赖五毒全。
可怜世间逍遥客[①]，
浪得半生到黄泉。

①逍遥客，指西门庆。

（四）

百年骂名何其冤[①]，
奸恶亦曾出圣贤。
其中多少人和事，
活灵活现到今天。

①百年，虚指，实为四百多年。

（五）

酒色财气莫贪婪，
清心寡欲方得善。
因果报应自有时，
满篇尽是劝世言。

（六）

故事源头自水浒，
诗词痕迹在他处。
试问兰陵笑笑生，
定君抄袭服不服？

（七）

读罢奇书作长叹，
世人头上有青天。
金莲淫乱惹杀祸，
西门浪荡赴黄泉。
巧取豪夺必自毙，
争风吃醋为哪般。
劝君今生当谨慎，
前车之覆后车鉴。

2020.1.17—1.21

戏题唐诗人（四首）

薛　涛

枇杷花香望江楼①，
迎来送往何兆头②？
多少高官与才子，
薛涛笺上写风流。

①枇杷花香，因薛涛家中有枇杷树，剑南节度使韦皋常用"枇杷花下"描述她的住处，自此"枇杷巷"成"妓院"的雅称。

②迎来句，传薛涛八岁时，其父以院中一梧桐为题吟诗："庭除一古桐，耸干入云中。"薛涛当即接道："枝迎南北鸟，叶送往来风。"其"迎来""送往"之意引"父怃然久之"。

2021.1.3

贺知章

诗坛耆老识英才,
客舍屈尊迎李白。
敢教金龟换美酒,
引得翰林入宫来。

孟 郊

春风得意上榜中,
走马看花多放纵。
只因心绪不在此,
宦途蹉跎取半俸。

朱庆馀

羞涩忸怩扮新妇,
干谒行卷张水部。
妾有情来君有意,
酬作一首当回复。

2021.1.23—1.24

读书有感（三首）

《情满华蓥》

2010年5月，广安诗词学会会员赴华蓥采风，其成果辑成《情满华蓥》一书。近日得闲一读，音犹在耳。

天下情山遐迩闻，
百余骚客齐声吟。
一字一句皆心血，
春秋十载犹余音。

2020.1.30

王扬灵《大唐女史薛涛传》

无名校书郎[①]，
才女亦风流。
出入皆朱门，
往来尽领袖。
声播大唐天，

魂归吟诗楼。
只因近烟尘,
艳名不胫走。

①名,名分。因格于旧例,薛涛有校书郎之实而无校书郎之名。

2021. 1. 15

唐·来俊臣《罗织经》①

诡计万端造冤狱,
整人之术竟登书。
善恶到头终有报,
聪明反被聪明误②。

①《罗织经》,唐朝酷吏来俊臣著,被称为人类历史上第一部制造冤狱的经典和文明史上第一部集邪恶智慧之大成的诡计书。

②善恶二句,来俊臣作为武则天的刽子手,帮武氏完成铲除异己的使命后,终被武氏抛弃。

2021. 5. 27

观央视《中国诗词大会》

（一）

中国诗词设擂台，
多少才人拼将来。
志存高远欲取胜，
胸有成竹何言败。
沙场老骥敢攻城，
初生牛犊勇拔寨。
莫道旧瓶装新酒，
千年文化焕异彩。

2020. 3. 5

（二）

千年枯木又逢春，
诗国后继有来人。
杏坛大师深似海，
擂台强手多如林。

古稀老叟豪气在，
龆年童稚功夫深。
今日骚客试比高，
张口一出尽是韵。

2020. 10. 24

新《陋室铭》

家不在富，和睦则行。
居不在阔，清静则成。
斯是陋室，唯吾欢欣。
典籍满书柜，酒香盈客厅。
兴来有歌声，怨去无仇恨。
可以读诗词，著美文。
无大众之嘈杂，无广庭之折腾。
柴米何用愁，油盐不操心。
老夫曰："何陋之有？"

2020. 3. 12

世界读书日偶感

（一）

网络犹书吧，
阅读无纸化。
伴君行四海，
随身闯天下。
立坐皆可为，
分秒尽作价。
功到自然成，
厚积当薄发。

2020. 4. 23

（二）

谁道刘项不读书，
今日方知千年误。
试问天下功名客，
舍此何处寻他途。

2022. 4. 23

咏昭君与贵妃

王昭君

（一）

深宫后院绝色人，
不顾丹青翻误身①。
塞云胡月魂不归，
青冢孑然千古恨。

①不顾丹青，不贿画工。

（二）

绝代佳人居深宫，
君王不识妾颜红。
底事胡沙憔悴尽，
只因不屑贿画工。

2020.4.28—7.1

杨贵妃

终日逍遥华清池，
秀尽百态与千姿。
为博君王一时兴，
万里飞骑送荔枝。

2021. 1. 1

依唐诗韵（二首）

依杜牧《赤壁》韵

　　老骥伏枥气未消，
　　奋鬣扬蹄竞风骚。
　　但恨未得舟楫便，
　　江边踯躅空咆哮。

依张祜《宫词·故国三千里》韵

　　纵横八万里，
　　躬耕三十年。
　　往事不堪忆，
　　今日当向前。

2020. 4. 30—6. 10

步唐·白居易诗韵

步《赋得古原草送别》韵

天地分阴暗,
人生有衰荣。
争奈秋风起,
但凭白发生。
聋滩矗古塔,
奎阁依新城。
朝夕总相望,
惆怅未了情。

步《后宫词·雨露由来一点恩》韵

紫陌红尘难逢恩,
漫道雨露及寒门。
风风火火三十载,
换来霜鬓杂泪痕。

2020.6.4—6.10

步唐·李商隐诗韵

步《无题·相见时难别亦难》韵

人间万事尽艰难,
衰翁无那夕阳残。
意欲南辕翻北辙,
看似外强却中干。
柳绿桑田无日暖,
烟雨江畔不胜寒。
漫道前路多坎坷,
风光且待明日看。

步《锦瑟》韵

好梦难圆频改弦,
春风得意待何年?
日暮暝烟乱飞鸦,
月夜残云怨啼鹃。
滔滔江水犹过客,
悠悠往事如云烟。

一花独放总自信，
白首尚思勒燕然。

2020. 6. 5

读 史（二首）

伍子胥

钱塘鸱夷最伤悲①，
西子湖畔共垂泪②。
功高望重忌盖主，
漫道日月同争辉。

①钱塘句，用伍子胥被吴王夫差赐死并以鸱夷革裹尸沉江典。
②西子句，用岳飞冤死归葬西湖栖霞岭典。

2020.7.7

唐玄宗

后宫三千还乱伦，
马嵬归来犹断魂。
若道君王传奇事，
长恨曲中见忠贞。

2021.10.20

观电视剧有感（七题）

大唐情史

古来宫廷龌龊多，
明争暗斗为权色。
太子殿里恨似海，
玄武门前血成河。
君臣虚伪还奸诈，
男女神离复貌合。
本乃同根连脉人，
何当擐甲与挥戈。

2020. 9. 17

梦断紫禁城

才高八斗堪人精，
平步青云登极顶。
狐假虎威除异己，
仆仗主势擅重柄。

富甲天下欲未止，
权倾朝野意难平。
机关算尽终有报，
博得千古巨贪名。

2020.10.20

宰相刘罗锅

耳异背残志未残，
机敏过人匪一般。
弈棋招亲退情敌，
科考揭黑惹仇怨。
斗智斗勇化毒计，
敢作敢为戏奸顽。
勤廉为民谏与奏，
好人一生总平安。

2020.11.15

康熙王朝

八岁乃成天下君，
一朝亲政定乾坤。
撤藩平台固江山，

除朋去党安朝廷。
不拘小节善任贤,
为求大义敢灭亲。
刀光剑影六十载,
留下千古一帝名。

2020. 12. 4

武松（83版）

（一）

三碗敢过景阳冈,
除暴安良武二郎。
英雄大名天下知,
剧出万人曾空巷。

（二）

独自豪饮十八碗,
景阳冈上英雄汉。
一路行来不容易,
时世逼上二龙山。

2020. 12. 10

朱元璋

乱世淮右一布衣,
霸气大明开国帝。
驭人有术聚良才,
治官无情惩贪吏。
朝廷处处乃逆贼,
战场人人皆兄弟。
可怜圣君实堪恨,
众叛亲离为社稷。

2020. 12. 31

跨过鸭绿江

初生牛犊乍见天,
炮声飞越三八线。
一锤定音如山倒,
千军过江似地翻。
上甘岭上战犹激,
丰泽园中夜未眠。
敢将热血斗列强,
硝烟散去尽尊严。

2021. 1. 25

/ 转 / 蓬 / 集 /

刺唐·宋之问

　　唐诗人宋之问为将其外甥刘希夷《代悲白头翁》中名句"年年岁岁花相似，岁岁年年人不同"攫为己有，竟动杀心，致生血案。

本是舅甥亲，
何以起歹心。
年岁诚佳句，
功利乃恶根。
发小义皆绝，
骨肉情俱尽。
梁上伪君子，
浪得诗人名。

2020. 10. 1

观央视《中秋诗会》

月明中秋照芳庭,
擂台喜闻吟咏声。
漫道同壕夫妻军,
且看上阵婆孙兵。
世间处处皆画意,
神州人人有诗情。
长江后浪推前浪,
中华文化万古青。

2020.10.6

夜读偶作

（一）

炎暑霜寒蜡炬长，
寂清斗室油墨香。
野老出语死不休，
浪仙敲门何能忘。
历史长河独徘徊，
诗词王国任徜徉。
莫道得来无功夫，
一字一句苦断肠。

（二）

古来诗坛多故事，
津津乐道一字师。
月下敲门自谁口？
雪夜早梅开几枝？
何独张公恨太平，
涂壁宾王先常侍[①]。

莫叹二句三年得,
字不惊人心不死!

①月下四句,化贾岛与韩愈、郑谷与齐己、萧楚材与张乖崖、骆宾王与高适一字师典。

(三)

足登高山巅,
眼望天涯边。
金屋探珍宝,
陋室会神仙。
何惧白与黑,
纵然苦亦甜。
倏尔一日过,
上下五千年。

(四)

把酒问青天,
明月几时圆。
嫦娥若有情,
相思亦堪怜。

2020.10.15—2021.8.30

读汉·项羽《垓下歌》

身拥拔山力,
胸藏盖世气。
君王情未了,
乌江泪沾衣。

2020. 12. 7

重读《红楼梦》

（一）

真假笔下机关藏，
豪门深处有名堂。
红粉佳人总痴情，
纨绔公子尽浪荡。
盛极喧嚣霎时欢，
衰至寂寞几多伤。
花开花落谁解味，
原是红楼梦一场。

（二）

双笔写万愁①，
一书传千秋。
春芳斗奇艳，
王孙逐风流。
荣华来忽去，
功名无胜有。
欲解兴衰事，
请君上红楼。

①双笔，有研究说《红楼梦》作者除曹雪芹外，另有高鹗或无名氏。

（三）

自许荒唐言，
争奈成名篇。
品来味无穷，
犹似享盛筵。

（四）

卅年旧事堪回首[①]，
霜鬓今日再埋头。
梦里多少辛酸泪，
一部小说解春秋。

①卅年句，指第一次读《红楼梦》事。

2021. 2. 11

读《水浒传》

（一）

翻开水浒传，
得识梁山汉。
擒贼敢出手，
杀人不眨眼。
功成缘聚义，
事败自招安。
一百单八将，
终作鸟兽散。

（二）

替天行道无可非，
滥杀无辜当何罪？
但喜公明尚精明，
改弦招安把正归。

（三）

草莽聚豪杰，
打家复劫舍。
总与官府斗，
犹似绿林客。

（四）

纷纷乱世风云荡，
英雄豪杰生草莽。
占山为王聚义厅，
据水成寇忠义堂。
侠情恣意掠财物，
义气动辄弄刀枪。
纵使一时得天下，
何以治国与安邦？

（五）

既杀官来亦害民，
劫富却不见济贫。
用心翻遍大部头，
梁山好汉何处寻？

(六)

自古江湖重义气，
相逢何必论彼此。
群英荟萃梁山泊，
百八英雄分座次。

(七)

忠心诚可贵，
愚忠正堪悲。
九泉若有知，
英雄当后悔。

(八)

梁山聚义犹旋风，
招安征北复平东。
可怜百八英雄汉，
功成归来万事空。

2021.2.28—3.10

读《西游记》

（一）

拜佛求经往西天，
历经千难与万险。
归来漫道谁英雄，
人人皆可上凌烟[1]。

[1] 凌烟，凌烟阁，唐太宗为表彰功臣而建筑的绘有功臣画像的高阁。

（二）

唐僧取经事本真，
吴氏妙笔堪为神[1]。
漫道青史无功名，
且看奇书传后人。

[1] 吴氏，作者吴承恩。

（三）

玄奘奉圣旨，
取经志不移。
东土威名赫，
西域礼仪毕。
五圣共患难，
一路化神奇。
天方夜谭间，
处处藏深意。

（四）

三藏斋至口才张，
八戒情迷高老庄。
牵马沙僧可敌谁？
且看猴子称大王。

（五）

西行取经路漫漫，
拜佛不辞凶与险。
若妖若怪何易识，
似人似神殊难辨。

你猜我疑尽心计，
降龙伏虎皆好汉。
人间正道是沧桑，
终得正果把家还。

（六）

东土圣僧奉钦差，
迢迢万里取经来。
漫道翻山与涉水，
且言擒魔与缚怪。
云里雾里皆玄妙，
仙间凡间尽精彩。
个中多少诡异事，
读之无不叹奇哉。

2021. 3. 15—3. 25

/转/蓬/集/

戏题《西游记》五圣

唐　僧

是非颠倒惹磨难,
视徒如敌将咒念。
慈悲为怀总上当,
前车不做后车鉴。

孙悟空

位卑职低弼马温,
一条金棒不离身。
纵有千般御妖术,
难逃如来佛掌心。

猪八戒

肥头大耳九九多[①],
醉酒曾经戏嫦娥。
任它十万八千里,
痴心不改逐女色。

①九九，小九九，心计。

沙和尚

任劳任怨苦命身，
随波随流老好人。
莫道挑担无功名，
红花还需绿叶衬。

白龙马

忍辱负重任人骑，
何时认汝做徒弟？
当出手时曾出手，
似马非马亦神秘。

2021.3.28—4.5

读《三国演义》

(一)

莫道军令如山倒,
自古法不加龙袍。
何必自欺复欺人,
割发代首千古笑。

(二)

风云激荡出英雄,
群星荟萃耀苍穹。
胜至偏逢百事哀,
败走方知万念空。
合长必致人三分,
分久终将归一统。
休把演义作史记,
真真假假笑谈中。

（三）

龙争虎斗起风云，
千古英雄浪淘尽。
敢挟天子令诸侯，
善用权谋离群臣。
只为小利可亡命，
非因大义亦灭亲。
折节易主平常事，
从一而终有几人？

（四）

青梅煮酒论英雄，
大浪淘沙笑谈中。
纵你寻他千百度，
读罢掩卷何处逢。

（五）

风云任叱咤，
群雄逐天下。
肯将万箭借，
何惧千刀剐。

乱世出豪杰,
大浪淘泥沙。
可怜诸葛才,
而今尽白发。

(六)

中原逐鹿起狼烟,
鱼龙混杂泥沙间。
折节沙场笑鬼神,
结义桃园惊地天。
诸侯割据国堪悲,
群雄争霸民当怜。
乱世三分如浮云,
天下一统乃必然。

(七)

英雄竞挥戈,
天下分三国。
滚滚长江水,
悠悠逐逝波。

（八）

茅庐三顾卧龙出，
忠心一片在皇叔。
隆中纵论三分天，
鱼复巧布八阵图①。
报国尽瘁事先帝，
托孤舍身辅后主。
漫道乱世多英雄，
神机妙算千古无。

①鱼复，古县名，治所在今重庆奉节白帝城。

（九）

英雄与奸雄，
运命总相同。
斗来复斗去，
犹似在梦中。

2021.4.8—5.1

/ 转 / 蓬 / 集 /

步唐诗韵（十九首）

步杜审言《和晋陵陆丞早春游望》韵

意气转蓬人，
足迹日日新。
残阳似问秋，
霜鬓犹逢春。
甘为轭下牛，
耻做池上蘋。
兴来觅章句，
逍遥戴纶巾。

步沈佺期《杂诗·闻道黄龙戍》韵

四海风云急，
横行多大兵。
远在西天边，
却建东空营[①]。
狼子露野心，
帝国施霸凌。

且看不义客,
何日走麦城。

①营,军营,军事基地。

步陈子昂《送魏大从军》韵

灭我心未死,
白首甘从戎。
春①去豪气在,
老来斗志雄。
决胜千里外,
运筹帷幄中。
但使家国安,
何求分寸功。

①春,青春。

步孟浩然《自洛之越》韵

驱驰三十春,
梦想竟未成。
欣欣入海流,
愤愤辞帝京①。
有兴吟章句,

无意攀公卿。

人生路条条,

岂独在浮名。

①帝京,此指官场。

步王维《山居秋暝》韵

岁月当暮年,

人生正金秋。

清风徐徐拂,

江水静静流。

白塔难止步,

奎阁暂泊舟。

举目尽红叶,

何处不可留?

步李白《夜泊牛渚怀古》韵

重重心事非,

朝夕对愁云。

行事树一帜,

出言成孤军。

人品上下许,

声名遐迩闻。

木秀风必摧，

落叶乱纷纷！

步杜甫《登高》韵

霜鬓飞蓬百事哀，

得意春风何时回。

明日黄花纷纷去，

今朝绿枝频频来①。

且待衰朽献余热，

甘将残年报燕台②。

人海茫茫知难觅③，

有缘相逢不辞杯。

①绿枝，此指橄榄绿枝。

②燕台，用战国时期燕昭王黄金台典。

③知，知音。

步杜荀鹤《春宫怨》韵

良言无人信，

苦口甘疏慵。

登高有玄妙，

捷足难为容。

日月已昭昭，

忧心何忡忡。

不如归去来，

径自向芙蓉。

步司空曙《云阳馆与韩绅宿别》韵

饱经风与霜，

辗转山复川。

去日如流水，

今夕是何年。

足下满荆棘，

望中尽狼烟。

别来幸无恙，

偶有章句传。

步韩愈《左迁至蓝关示侄孙湘》韵

奎阁高楼矗云天，

夕阳欲下感万千。

逐浪渔翁总忘归，

伏枥老骥不问年。

起早贪黑效马后[①]，

点头折腰拜人前。

争知江雾遮望眼，

徒留遗憾渠水边。

①马后,化"犬马之劳"。

步刘禹锡《西塞山怀古》韵

破釜沉舟闯九州,
风光无限尽眼收。
廉颇虽老尚能饭,
亭长犹雄仍当头①。
举杯把盏长精神,
吟诗作对亦风流。
桑榆未晚霞满天,
红叶漫山正金秋。

①亭长,刘邦曾任泗水亭长。

步秦韬玉《贫女》韵

遗恨平时未烧香,
临到用处空自伤。
信众面前浓浓意,
菩萨脚下淡淡妆。
羞与土豪道富贵,
敢同高人论短长。
摇落转蓬待何时,
霜鬓无语泪沾裳。

步韦应物《寄李儋元锡》韵

寒雨江上漫云烟,

奎阁摇落已经年。

轻车熟路客难行,

孤舟渔火人未眠。

一腔热血洒何处,

满腹经纶不值钱。

无眠把酒问青天,

教我何时把梦圆?

步祖咏《终南山望积雪》韵

终南何捷径?

切勿信异端。

纵使青云上,

高处不胜寒。

步王建《新嫁娘·三日入厨下》韵

彩礼未凑够,

结婚可泡汤。

若是君不信,

定有苦果尝。

步王之涣《登鹳雀楼》韵

残阳往西去,
江水向东流。
空有诸葛才,
无缘上高楼。

步胡令能《小儿垂钓》韵

纵然满腹尽经纶,
庙堂深深难容身。
看似风平还浪静,
刀光剑影不由人。

步王驾《社日》韵

奎阁江头秋正肥,
日暮野老叩云扉。
骇浪惊涛无所惧,
但求明朝平安归。

步刘禹锡《元和十年自朗州至京戏赠看花诸君子》韵

天昏地暗风雨来,
无人不愿老夫回。
枣山园里擎天树,
多是当年亲自栽。

2021. 5. 25—11. 6

咏竹林七贤①

时逢乱世不由身,
风流名士向竹林。
谈玄论道无杂念,
舍老入庄有知音。
赋诗放歌豪情在,
饮酒长啸壮心沉。
放浪形骸尽由性,
终究难以避俗尘②。

①竹林七贤,指魏晋时期嵇康、阮籍、山涛、向秀、阮咸、刘伶、王戎等七人。

②俗尘,此指入仕。

2021. 6. 10

读袁枚《随园诗话》

（一）

随园老人性豪放，
壮年辞官归小仓[①]。
一字一句皆胸臆，
作诗何必宗盛唐。

[①]小仓，江宁小仓山。

（二）

独具个性不无我[①]，
自成一派性灵说。
漫道浅薄与浮华，
细读再三不厌多。

[①]不无我，化袁枚《随园诗话·卷十》："作诗，不可以无我。"

2021. 8. 4

步唐·杜甫诗韵

步《狂夫》韵

犟心一横辞庙堂,
任它惊涛与恶浪。
枯木逢春亦得意,
飘蓬凭风还吃香。
莫恨时过境已迁,
且喜人去茶未凉。
朝三暮四多应考①,
老夫聊发少年狂!

①应考,应聘考试。

步《登楼》韵

不减当年是雄心,
老骥何惧风雨临。
敢想敢干敢逾昨,
直来直去直到今。

平生已经千般苦,
残岁无畏百愁侵。
霞映桑榆犹未晚,
衰翁亦作白头吟。

步《赠李白》韵

江东江南一飘蓬,
大度为人尚宽宏。
风吹浪打何所惧,
且看末路仍英雄。

2021. 9. 3—10. 10

唐·韩翃《寒食》戏题

夜半敲门何惊讶,
原是纱冠从天下①。
同名同姓将授谁,
皇帝御批春城花。

①纱冠,乌纱帽。

2021.10.1

读唐诗有感（三首）

闻岑参、杜甫、高适、储光羲与薛据同登慈恩寺塔[①]有感

名骚登宝塔，
不禁诗兴发。
嘉州望有悟，
少陵思无涯。
本应存五章，
遗憾失一家[②]。
诗坛雅会事，
千古传佳话。

[①]慈恩寺塔，即今西安大雁塔。
[②]遗憾句，指薛据同题诗失传。

读李商隐《贾生》有感

夜半移膝相论深,
问神亦是问苍生。
自愧学识不如人,
帝王尚有自知明。

读李端《鸣筝》有感

误弦难得周郎顾,
妙手文章谁人读。
借问天下相马客,
何以有眼却无珠?

2021.10.11—10.17

咏 史

楚汉之争

鸿门垓下见分明,
莫怨沛公总背信①。
可怜项王无诡谋,
空有力能拔山名。

①背信,无诚信,有欺诈。

安史之乱

图治纳谏任贤臣,
开元盛世梦成真。
豺狼当道家国破,
金鸡乱朝帝王昏。
饮血睢阳辨忠烈,
丧魂马嵬恨禁军。

威服四海大唐天，
日落西山长遗恨。

2021.10.18—11.1

读《东坡集》有感

岷峨山水孕大家，
诗文书画闻天下。
雪泥鸿爪满谪路[①]，
竹杖芒鞋走天涯。
身过到处皆留痕，
兴来无时不涂鸦[②]。
平生功业何堪问，
几起几落令人嗟。

①谪，贬谪。
②涂鸦，指写诗作文、临帖绘画。

2021.12.7

读《楹联上的成都》有感

武侯祠

一前一后表忠心,
七擒七纵何自信。
当惊先主有先见,
三顾赢得天三分。

杜甫草堂

漂泊一生总愁吟,
自苦尤嗟无知音。
今日野老亦忧天,
可是异代沦落人?

望江楼

江楼独撑东面峰,
欲与草堂争雌雄。
迎鸟送风皆有意,
名垂千古缘香冢。

都江堰

离堆凿石变古堰,
孽龙被锁伏龙潭。
自此泽国成天府,
太守英名代代传。

青城山

五岳丈人自轩辕,
九州大师隐此间。
漫道青城天下幽,
深山烟火闹非凡。

2022.1.9—1.16

读《唐诗密码》有感

司马迁

净身刀子刻汉简,
子承父业写遗篇。
秉笔直究天人际,
终成古今一家言。

贾 生

一方苇席近皇身,
彼此相谈至夜深。
千言万语难博笑,
恐是所答非所问。

李 斯

潜心窃得帝王术,
厕中鼠变仓中鼠。
死到临头心不甘,
欲牵黄犬逐狡兔。

孙　武

沙场练兵斩吴姬，
红颜头颅悬战戟。
外将君命有不受，
法令如山非儿戏。

长平之战

长平秦赵战犹酣，
纸上兵书未成篇。
四十万人俱冤鬼，
沙场岂止是沙盘。

张　良

鸿门宴上逞智勇，
楚歌四面决雌雄。
帷幄决胜千里外，
不忘当年黄石公。

范　增

七十老叟情未竭，
满腹韬略在玉玦。
但恨竖子不足谋，
愿赐骸骨与君绝。

细柳营

不闻诏令闻军令，
纵然天子按辔行。
孰知欲加之罪时，
千古美谈沦把柄。

枫　桥

残月渔火身心寒，
钟鸣鸦噪不成眠。
且看落第归乡人，
成名犹在一夜间。

2022. 2. 1—2. 13

咏古诗人（三首）

曹　植

自有心机在，
贪杯为释怀。
阿瞒独慧眼，
留得八斗才。

李　白

曾经自号酒中仙，
独酌幻成三人篇[①]。
醉里仍是逍遥客，
水中捞月堪浪漫。

[①]独酌句，化唐·李白《月下独酌》。

杜审言

口吐狂言世人惊,
屈原宋玉犹学生。
孰知山外更有山,
作诗何如孙辈名①?

①孙辈,杜甫。

2022.3.27—4.17

读唐诗偶感

自古诗人多偃蹇,
欲仕还隐终南山。
已着紫袍却嫌苦,
未尝葡萄亦道酸。
洞庭羡鱼孟襄阳,
香亭折腰李青莲[①]。
若是长安能容才,
吾辈何处赏名篇。

①香亭,沉香亭。李白在此作《清平调词三首》。

2022.4.13

步毛泽东《七律·答友人》韵

日暮红霞漫天飞，
举目东望横翠微。
腹饱当思清汤粥，
身暖莫忘褴褛衣。
岁去奋蹄仍无恙，
兴来出口犹有诗。
夙愿未酬心未甘，
老骥江东弄残晖。

2022.4.15

读古诗偶感

兴来阅诗河,
骚人纷纷过。
刘郎陷桃花①,
屈子沉汨罗。
下笔招鬼神,
出口起风波。
可怜八斗才,
欲罪患辞何?

①刘郎句,用唐·刘禹锡因赋桃花诗二首两度遭贬典。

2022.4.16

读《杜甫传》有感

杜陵布衣敢自夸,
不惭诗事出吾家。
下笔如神千古传,
忧民若焚万代嗟。
路有寒骨非戏言,
野无遗贤乃笑话。
可怜九州绝世才,
蹉跎一生走天涯。

2022.4.26

/ 转 / 蓬 / 集 /

读《李白诗传》有感

才华堪比相如肩,
一片痴心向长安。
遗恨有余夜郎国,
春风无限翰林院。
名成谪仙诗路易,
梦碎大鹏蜀道难。
醉酒高歌不尽意,
但恨冠缨飞来晚①。

①但恨句,据载,唐代宗广德二年(764),李白被授左拾遗,他已不在人世(于762年去世)。

2022.5.1 于重庆

推 敲①

（一）

驴上埋头苦咏哦，
犯尊犹恐惹天祸。
孰知竟遂布衣交，
自古诗坛佳话多。

①推敲，指唐代贾岛、韩愈"僧敲月下门"典。

（二）

驴上费哦吟，
推敲似未分。
孰知犯官驾，
翻却变知音。

2022.6.14

读《诗画品红楼》有感

兴来复入大观园,
两眼所窥犹觉鲜。
大厦将倾无力护,
红颜渐殒有人怜。
拼将魔力终失势,
算尽机关难问天。
曹氏匠心深又巧,
几度掩卷亦茫然。

2022.7.6

读《红楼梦》（五题）

葬花吟

一字一句犹断魂，
不堪湘馆染啼痕。
春残今日何圆梦，
花落明朝谁葬坟。
愁起愁消对青鬟，
洁还洁去悟红尘。
前盟木石将无继，
吟罢已觉泪满襟。

2022. 7. 7

甄士隐与贾雨村

真事隐去览仍明，
假语存焉遗笑声。
满纸荒唐乃戏说，
曹公妙笔令人惊！

2022. 7. 8

金陵十二钗

女儿国里众芳妍,
兴起海棠吟雅篇。
吃醋争风藏诡计,
攀龙附凤露欢颜。
痴心难改情千缕,
春梦易归愁万端。
百载豪门犹有竟,
红消香断不堪怜。

2022. 7. 12

宁荣二府

碧瓦朱檐势屹然,
先皇御笔压千般。
女娼男盗腹中隐,
仁义贤德嘴上言。
内里其实已衰弱,
外边看似尚光鲜。
古来盛过衰即至,
梦去红楼不复还。

2022. 7. 13

刘姥姥

竹里亲戚攀贵富[①]，
不辞四入荣国府。
亦嗔亦笑善作场，
知进知归巧应付。
莫叹布衣和鬓霜，
当惊幽默与心术。
曹公笔下红楼人，
最是成功乃老妇。

[①]竹里，竹根。

2022.7.14

读《李清照传》有感

闺中未有稻粱忧，
才子佳人共小舟。
诗酒文章随意尽，
金石书画毕生求。
莫嗟梅影凌霜雪，
但恨浓云惹客愁。
身自飘零终不悔，
词宗皇后誉千秋。

2022.7.10

读《王维诗传》有感

月下箫声逢画缘,
春风得意马蹄还。
亦官亦隐恋别业,
非庙非俗梦长安①。
菩提寺囚守底线,
凝碧池水洗沉冤。
红尘滚滚任他去,
田野诗名千古传。

①庙,此处借指僧。

2022.7.17

读《杨慎诗歌赏析》有感

独持议礼贬南荒，
萧瑟秋风久瘴凉。
海角寒鸦啼冻树，
天涯孤雁念家乡。
昆明池水荡浊秽，
金沙江声诉断肠。
但恨九州屈贾客，
滇云蜀月梦尤长。

2022.7.31

读苏曼殊诗有感

芒鞋破钵着浮身,
卅载飘零叹世尘。
孤愤总吟驴背客,
疾情亦寄调筝人。
清风犹可追龚氏①,
浪漫何曾输拜伦。
自信胸怀凌云志,
樱花早落不堪论。

①龚氏,龚自珍,清末思想家、文学家,著有《己亥杂诗》。

2022. 8. 19

读聂绀弩诗有感

杂写堪称鲁后家[①],
旧诗亦引大师夸。
嬉皮鬼脸先生面,
幽默诙谐俏嘴巴。
附雅何曾拘定律,
打油犹似走天涯。
身边无事不吟咏,
热血笑颜遗异葩。

①杂写,杂文。鲁后家,指继鲁迅之后的大家。

2022. 8. 26

和古诗（五首）

步清·郑燮《竹石》韵

泰山压顶不弯松，
长在霜摧雪袭中。
任尔沧桑明月老，
依然傲立展雄风。

步清·赵翼《论诗五首》（李杜诗篇万口传）韵

李杜诗篇千载传，
至今越读越新鲜。
管他后浪打前浪，
再领风骚万万年。

步唐·王昌龄《从军行七首》（烽火城西百尺楼）韵

举目远望奎阁楼，
风来雨去已三秋。
更经百炼与千锤，
无那胸中万缕愁。

步唐·李白《月下独酌》韵

诚邀共小酌，
彼此无相亲。
包间浑豪华，
席上皆贵人。
折腰谢施恩，
倾樽何顾身。
情投空盏多，
香溢满眼春。
面容早绯红，
言语已零乱。
酒足犹犬吠，
菜饱如鸟散。
黄婆倚门久，
归来梦云汉。

步宋·钱惟演《对竹思鹤》韵

碧鬟红袖坐船头,
百合花开满目秋。
舞棹郎君心莫急,
眉来眼去亦风流。

2022.8.27—9.7

转蓬集
ZHUAN PENG JI

腹有诗书气自华

学诗有感

（一）

搜肠刮肚苦思冥，
忽得一字竟忘形。
正当提笔欲记时，
却知原在梦中吟。

（二）

衰翁蹒跚习吟句，
朝思暮想浓兴趣。
李杜引路勤为径①，
一跄一颠深处去。

①李杜，李白和杜甫。

（三）

寻雅觅兴入诗山，
风光百看却不厌。
感时伤世逐少陵，
问神把酒逢谪仙。
亦步亦趋蹒跚步，
一字一句苦吟言。
人生莫道读书晚，
斗室墨香胜绮筵。

2019.3.24—2021.2.25

应聘戏题

（一）

老夫聊发当年狂,
雄心勃勃上考场。
敢请诸君频频问[①],
金子何处不闪光?

①君,考官。

2019.4.26

（二）

牌坊村中筑燕台[①],
转蓬亦赶热闹来。
漫道江郎才已尽,
老骥伏枥志不衰。

①燕台,用战国时期燕昭王筑黄金台招贤典。

（三）

长春花儿四处开，
宝刀未老过江来。
西下夕阳无限好，
不信雄风唤不回！

（四）

考官非常赐颜色，
久经沙场心何怯？
成竹在胸凭君问，
不愧一只老麻雀。

（五）

霜鬓飘蓬欲转场，
不声不响上金榜。
正当迎新却恋旧，
至今犹悔未过江。

2021．7．17—10．3

贺新中国成立七十周年

华表月明仙鹤归[①],
苍生有幸城郭非[②]。
飞燕衔泥筑新巢,
青龙出海逞国威。
华夏人人皆东家[③],
神州处处尽朝晖。
任它惊涛与骇浪,
复兴斗志不可摧。

①华表句,用汉代辽东人丁令威成仙化鹤典。
②非,变化,焕然一新。
③东家,主人。

2019.8.31

自 题（五首）

（一）

漫道时光已黄昏，
伏枥老骥任纵横。
狂风暴雨何所惧，
豪气冲天卷征尘。

（二）

老树枯枝又逢春，
豪情壮志满乾坤。
空有万千锦囊计，
惆怅难遇同路人。

（三）

人生自有节，
何惧身影斜，
常在河边走，
总是不湿鞋。

（四）

男儿胸宽如大海，
何以斤斤难释怀。
怒火伤人还伤己，
笑口常开和气来。

（五）

红尘四十年，
未曾破底线。
春风动客心，
乱花迷人眼，
临渊何羡鱼，
近墨不沾边。
宁将半生洁①，
换得老来闲。

①半生，前半生。

2019.12.7—2021.11.24

酒后戏题

（一）

无酒不成席，
情深如胶漆。
相逢千杯少，
云里与雾里。

（二）

人言酒肉穿肠过，
孰知就里故事多。
五柳东篱每醉归①，
谪仙月下总独酌。
犹药可令神让路，
如钱能使鬼推磨。
任君道它千般好，
醉生梦死终酿祸。

①五柳，五柳先生，陶渊明。

（三）

上桌犹似上战场，
先发制人欲逞强。
依次扫射何所惧，
轮番出击孰可挡。
玉箸未动腹先满，
樽酒尚余言已狂。
不告而别暗撤离，
一觉醒来悔断肠。

2019.12.25—2020.9.2

（四）

对饮一盅复一盅，
万般皆在笑谈中。
劝君莫逞匹夫勇，
出口已经不由衷。

2022.6.4

偶 感（五首）

办理电视过户

妻改电视户名未遂，言须原户主亲自前往。忙里偷闲与妻前往，只见门庭若市。几经周折办毕，方知奥妙，愤而有作。

夫易妻名犹搬家，
拍照合影还画押。
试问盈盈笑脸女，
何须自证爹与妈？

看 客

2021年8月30日，西安地铁3号线一女性乘客与他人发生口角进而发展到肢体冲突。男性保安在劝阻中强行拖曳，致女乘客衣不蔽体，引发网民愤怒。

纵然万死亦尊严，
以暴制暴为哪般。
更哀车上冷漠客，

热闹归来心何安?

老好人

八面玲珑讨欢心,
是人是鬼亦难分。
漫道此君无好报,
紫衣黄袍频加身。

时尚清明

坟前不见烟火升,
路上难闻鞭炮鸣。
鲜花鲜果乃时尚,
老肉老酒祭深情。

2019. 12. 25—2022. 4. 5

儿童节

堪笑胸前领巾红,
声嘶还可震苍穹。
少年壮志依然在,
不愧一群老顽童。

2022. 6. 1

偶 感（三首）

（一）

菊残犹有傲霜枝，
老骥仍存伏枥志。
劝君手下多留情，
孰胜孰负尚未知。

（二）

人生苦短暂，
学可长千年。
履迹纵未至，
万国在眼前。

（三）

地老天又荒，
源远流亦长。

人生如过客,

不觉向夕阳。

2019. 12. 28—2021. 8. 14

团拜会席上即兴

渠江滔滔东流去,
奎阁楼中传笑语。
漫道厂房拔地起,
且看新城傍水居。
泰山压顶岂弯腰,
恶水掀浪何所惧。
一年辛勤满园香,
今夕把酒偶得句。

2020. 1. 21

古 意

（一）

历览帝王与大家，
荒淫奢靡失天下。
马嵬坡上玉搔头，
朱雀桥边野草花。
东流江水归臣虏，
南幸龙舟淹尘沙①。
盛名得来终不易，
身后莫教千古骂。

①马嵬坡四句，分别用唐玄宗、石崇、李煜、杨广亡国典。

2020.3.8

(二)

万古苍天总薄情,
世间奇才多乖命。
大江东去送苏仙,
田园归来迎陶令。
有心栽花花不放,
无意插柳柳成荫。
汲汲长安道中客,
宦名何不如诗名?

2022.4.9

写诗自嘲

（一）

桑榆不解水深浅，
附庸风雅著诗篇。
平上去入调难分，
方言土语韵莫辨。
孤芳自赏暗发群[①]，
独惭形秽羞投刊。
漫道衰翁度日愁，
咬文嚼字亦悠然。

① 暗，暗自。群，微信群或朋友圈。

2020.4.29

（二）

吟诗作对逐时髦，
音韵平仄解多少。

忧时伤世效李杜,
咬文嚼字学郊岛。
自大总欲轻师尊,
己昏焉能使人昭。
不知天高与地厚,
敢将习作变书稿。

2020. 9. 25

（三）

站坐不安苦吟句,
得来怎不费功夫。
低三下四乞银两,
为将心血化成书。

2020. 10. 21

（四）

华发衰翁逐时髦,
故作高深吟风骚。
平仄不论还弄笔,
因英难分亦跑调①。
顺口一溜号雅韵,

打油几句变诗抄。
出口尽是李与杜,
其实未必解皮毛。

①因英,指韵母 in 和 ing。

2022.5.3

(五)

雕章琢句到白头,
弄笔难为稻粱谋。
莫道文章不值钱,
当年何不觅封侯?

(六)

黄昏将近何嫌迟,
老骥奋蹄正当时。
残花堪吟直须吟,
莫待花尽空吟枝。

2022.5.4

劳动节有感

命中苦累身，
半点不由人。
青丝日夜继，
白发风雨奔。
满腹怀韬略，
一路逐风尘。
唯有诗书香，
慰我不平心。

2020.5.1

上网感事（二首）

（一）

惊闻亲子葬活娘，
咬牙切齿恨盈腔。
挥笔疾书当匕首，
赋诗吟句做投枪。
养犬尚知报主恩，
生儿安可丧天良。
咄咄怪事出节前，
且待何日见阎王。

（二）

床上老母泪花流，
庭中兄弟吵不休。
事亲吝财孰拔毛①？
待人挥金常登楼②。
舐犊之情终难尽，
跪乳之恩何所有？

一箪一钱皆须计,

　　日后省成冤大头③。

①孰拔毛,化"一毛不拔"。

②楼,高档酒楼。

③省,免。

2020.5.8—7.11

三角梅

某公独喜三角梅,其属下不惜伐旧植新,一时三角梅犹"洛阳纸贵"。

只因博得尊颜欢,
天下处处尽红艳。
争先除旧不痛心,
恐后植新何吝钱。
大事理当学诸葛,
小处亦需效吕端。
上有所好下必投,
心中自有小算盘。

2020. 5. 17

自　嘲（九首）

（一）

姓吉还性急，
站坐欲弄笔。
公事舍小命，
家务委老妻。
出言伤贵客，
把盏生豪气。
自问白头叟，
何时除陋习。

（二）

著作堪等身，
实乃布衣人。
囊中多羞涩，
笔下无黄金！

（三）

自残羡近视[①],
无悔翻得意。
貌似通古今,
学犹贯东西。
眼里识多少？
腹中墨何几？
百害无一益,
最终苦自己。

①自残句，因慕近视者有学识而刻意让自己近视。

（四）

漫道能武亦能文,
风光毕竟不如人。
席上把酒图豪爽,
庙里施手守悭吝。
是非面前总直言,
生死牌下安屈尊。
纵然未登凌烟阁,
一路行来却安稳。

（五）

莫笑老夫头发长，
吾亦对镜帖花黄①。
青丝但愁染色害，
宁舍形象保健康。

①吾亦句，化《木兰诗》"当窗理云鬓，对镜帖花黄"，指注重自身形象。

（六）

寒门稚子学有成，
黄粱梦归入青云。
妙笔亦曾著华章，
羞囊当悔吝金银。
富贵不辞江湖远，
功名何嫌红尘近？
可怜一时风流客，
皓首苍颜伴苦吟。

（七）

久浸江湖传盛名，
擅攻疑难与杂症。
名为万人之上客，
帝前不过一贾生[①]。

[①]贾生，贾谊，西汉时期著名的政论家、文学家。

2020.6.19—2021.9.19

（八）

曾诩胸中藏五经，
天南地北任驰骋。
江湖游刃还有余，
庙堂举步却无径。
一心弄笔笔如刀，
卅年逐梦梦未成。
待到日落西山时，
始知莽夫胜书生。

2022.5.8

（九）

愚忠自与众不同，
一片冰心藏在胸。
金戈铁马随君舞，
冰天雪地伴蛇共①。
奸诙有道步青云，
憨直无颜对江东。
风来雨去孰记否，
世人眼中一衰翁！

①冰天句，化农夫与蛇典。

2022.5.29

感　事（二首）

（一）

风雨飘摇万般愁，
躬身举樽把人求。
千般好话都道尽，
不见菩萨开金口。

2021.1.8

（二）

家大业大乃虚名，
徒具一副庞然身。
纵是金山与银山，
掘掏不止亦将尽。

2022.1.28

染发戏题

（一）

世间枯木再逢春，
鹤发亦作青丝人。
长毛蔽耳损尊容，
黑漆刷头迷芳心。
风光暂求须臾乐，
岁月孰怜老来身。
毕竟沧桑遮不住，
返老还童岂成真。

（二）

时尚老夫好装嫩，
巧借魔力还青春。
劝君且慢道天机，
假戏毕竟难做真。

2020.7.21—2021.3.11

家中阳台读书闻蝉鸣

（一）

偶逢倏尔静，
哪堪蝉鸣声。
楼台学无进，
枝上唱不停。
世间尘事扰，
胸中怨气生。
天下如此大，
何处可恣情。

（二）

何必树上自作情，
夏日炎炎鸣不停。
居高居高易致远[①]，
知了知了难为听。
一心只读圣贤书，
两耳尽闻聒噪声。

烦请蝉君多低调,

　　让我暂得一时宁。

①居高句,化唐·虞世南《蝉》"居高声自远"。

2020.8.15—2021.7.24

自题

暮至长空白云悠，
客近花甲志未酬。
江郎年衰才非尽，
廉颇老矣尚能酒。
高山阻道毋须惊，
恶浪掀身何惧愁。
人生难得莫苦短，
肯将霜鬓写春秋。

2020.8.22

参加法治培训有感

信马由缰安无边,
无规何以成方圆。
赏罚不明怠惰生,
争讼有道秦镜悬。
德法相济除戾气,
恩威并施降恶顽。
时时处处循轨道,
治企亦在举手间。

2020.9.3

广场舞戏题

浓妆艳抹徐老娘,
手舞足蹈自风光。
韶华虽逝豪情在,
风韵犹存芳心藏。
扭来腰肢还惹眼,
飞去余音亦绕梁。
长街处处成擂台,
你方唱罢我登场。

2020.9.8

九一八感怀

忽闻警笛鸣长空,
国耻寇仇唤醒中。
狼烟遍起漫山河,
铁蹄横行任西东。
神社死鬼欲再生[①],
钓岛野心岂堪容[②]。
十四亿人齐勠力,
同心共逐复兴梦。

[①]神社,日本靖国神社。
[②]钓岛,钓鱼岛。

2020.9.18

"光盘行动"有感

（一）

一粥一饭皆不易，
饱暖更当惜柴米。
健康生活乃时尚，
粗茶淡饭总相宜。

（二）

席上杯盘积如山，
饕餮餍餍为哪般。
劝君莫染土豪气，
省得邻桌带笑看。

（三）

饱汉当知饿汉饥，
富贵莫忘贫贱时。
古来丰年防凶年，
仓满今日思明日。

2020.9.23

微信支付戏题

三寸屏幕奇又神,
手指一动抵万金。
惆怅盗贼失旧业,
暗喜乞丐逢贵人。
勿忧自我证清白,
可防赖皮不相认。
但得掌中宝物在,
身无分文亦出门。

2020.10.5

戏题十二生肖

鼠

小巧玲珑夜游神,
为非作歹人人恨。
纵有千军复万马,
亦难灭绝与赶尽。

牛

只顾埋头不看路,
筋疲吞云还吐雾。
朝出晚归何所求,
但得一生草果腹。

虎

青面獠牙欲食人,
山中百兽尽称臣。
一旦落至平阳来,
小犬面前亦可亲。

兔

守株相待成贻笑,
败北乃因心气傲。
捣药总须嫦娥伴,
谁道不吃窝边草。

龙

无所不能人人崇,
若隐若现朦胧中。
铁鞋踏破未曾见,
何时有缘睹真容?

蛇

无手无足行路长,
贪心不满可吞象。
井绳十年亦咬人,
杯弓投影暗自慌。

马

沙场百战故事多,
当先总是迎阎罗。
从来不图功与名,
身死未解为报国。

羊

生来本性多善良,
跪乳报恩情意长。
漫道温柔少斗志,
冰天雪地何曾降。

猴

奋起千钧闹天宫,
风光不与龙虎同。
顽皮淘气小精灵,
原来还是老祖宗!

鸡

晓天欲近自在鸣,
日日不误催人行。

肯将残身化美味，
风尘争奈背污名。

狗

迎客总分贼和亲，
尽忠不嫌富与贫。
温驯善良君莫欺，
打犬还要看主人。

猪

无忧无虑享清闲，
骨里见异还思迁。
一生贪吃终有报，
膘肥体壮盘中餐。

2020.10.6—10.16

抗美援朝七十周年有题

魑魅魍魉侵邻邦,
百万铁军过大江。
高瞻远瞩定乾坤,
舍生忘死斗豪强。
英烈壮举震九州,
弱国雄风惊四方。
今日早已非昔比,
复兴之路谁能挡?

2020. 10. 25

贺嫦娥五号月球采样归来

（一）

万里天地任意飞，
喜闻嫦娥揽月回。
千年梦想今成真，
且看九州共举杯。

（二）

十年磨一剑，
多少惊与险。
尘埃已落定，
万里共婵娟。

2020.12.17

/ 转 / 蓬 / 集 /

招聘纪事

某公司招聘，吾忝为考官，得以窥其龌龊，兹记之。

明知处处暗铺排，
身不由己上堂来。
依模依样画葫芦，
亦步亦趋走戏台。
才女难入绣帘内，
贤郎尽落孙山外。
忙忙碌碌至腹号，
结局正中他人怀。

2020. 12. 19

杂 吟（二首）

辛丑牛年元日

践水陷泥朝前走，
人喝鞭挞不回头。
负轭残喘为哪般，
淡名泊利一老牛。

2021. 2. 12

煤 炭

深藏地底何人问，
千年已成不朽身。
漫道此物无是处，
一到世间便为金。

2021. 12. 10

岁末感怀

（一）

风雨旧岁已如梭，
梦幻新年满山河。
九州无处不锦绣，
四海何时息干戈。
应喜满目黑云少，
莫恨双鬓白发多。
日暮野老兴犹浓，
甘居陋室学东坡。

（二）

风光曾无涯，
老来居人下。
出言皆空语，
弄笔尽涂鸦。
晨出迎霜露，

暮归随烟霞。
与其望江叹,
不如早还家。

(三)

江流扁舟迥,
举目长向东。
过河越千条,
翻山已万重。
座中青衫客,
台上白头翁。
飘蓬尚未归,
漫道夕阳红。

(四)

扁舟天涯边,
飘蓬白发添。
本应一身轻,
何无片刻闲?
楚臣死谏君[①],
杞人徒忧天。

但恨迷雾多,

江上不胜寒。

①楚臣句,用屈原以死谏怀王典。

2022.1.7—1.22

台历日记

吾以台历记日记四十年,可谓故纸盈箧,著作等身,聊赋一首以纪事。

冬去春来成旧习,
夜深空处记日记①。
酸甜苦辣化笔墨,
爱恨情仇藏隐秘。
百字虽短书亦难,
卌载不辍谈何易。
漫道岁月已如梭,
一夕一页皆痕迹。

①空处,日历空白处。

2021.2.20

贺脱贫攻坚战取得全面胜利

九州大地彩旗飘,
脱贫攻坚传捷报。
漫道遍处立广厦,
且说何方寻蓬茅。
百万精锐初心在,
八载奋战志未消。
举国上下齐欢庆,
千年梦想圆今朝。

2021.2.25

世相杂感

世事纷纭知不易，
天涯何方觅公理？
小鱼总被大鱼吃，
弱者常遭强者欺。
时时处处施霸凌，
口口声声言仁义。
若非感同与身受，
至今尚在美梦里。

2021.2.27

贺建党百年

（一）

火种曾经十三点，
今日红遍九千万。
前仆后继破旧世，
上呼下应谱新篇。
执政胜似赶大考，
治国犹如烹小鲜。
任它潮落与潮起，
初心不改领江山。

（二）

乱世起风雷，
镰刀与斧锤。
初心何曾移，
始志未可摧。
四海播英名，
九州矗丰碑。

俯瞰百载途,
喜见硕果累!

(三)

南湖红船自启航,
风雨百年历沧桑。
劈波斩浪闯江海,
荡橹挥桨书华章。
昔日屈辱恨列强,
今朝得意忆盛唐。
汹汹暗流无所惧,
九州复兴谁可挡!

(四)

十月炮响应运生,
复兴红船启征程。
小康愿成民已富,
强国梦圆世当惊。
牺牲何曾忘初心,
奋斗始终为使命。
赶考路上浪淘沙,
打铁尚需自身硬!

2021.3.15—7.1

酒后豪言

（一）

三杯酩酊出豪言，
天马行空到日边。
家藏金银能铺地，
身拥权柄可遮天。
挥戈却敌赛去病[1]，
纵酒吟诗比谪仙。
待到踉跄归来时，
黄婆怒索柴米钱[2]。

[1] 去病，霍去病，西汉名将。
[2] 黄婆，黄脸婆。

（二）

采菊岂逊五柳名[①]？
作诗敢步少陵尘[②]。
性如松柏挺且直，
江湖谁人不知君[③]。

①五柳，陶渊明。
②少陵，杜甫。
③君，自指。

2021.5.9—6.24

贺天问一号成功着陆火星

嫦娥才自九天归[①],
天问又入火星轨[②]。
祝融飙车何风流[③]。
九州再添里程碑。

[①]嫦娥句,指2020年12月嫦娥五号月球采样归来。
[②]天问句,指2021年2月天问一号探测器进入火星轨道。
[③]祝融句,天问一号火星车名"祝融号"。何,何等。

2021.5.15

斗鼠纪事

（一）

斗室犹似捉迷藏，
脱逃天罗脱地网。
万端诡计皆用尽，
怎奈愈来愈猖狂。

（二）

翻箱倒柜战犹酣，
百里安迪来驰援[①]。
狡猾鬼子何处觅，
无影无踪一夜间。

①安迪，居渝吾女饲养的宠物猫名。

2021.6.28

东京奥运会有寄

天下乱云尚未破,
东京依旧燃圣火。
竞技场中有人拼,
观众席上无客坐。
自来荣誉属胜者,
更喜五环连万国。
前所未有看巴黎[①],
伊达尔戈送秋波[②]。

[①]前所未有,国际奥委会主席巴赫对东京奥运会的赞语。下届奥运会举办国法国亦是史上第一次通过视频方式在本届奥运会闭幕式上展示国歌演奏。

[②]伊达尔戈,女,下届奥运会举办城市巴黎市长。

2021.8.8

麻将戏题

（一）

家中老妻不知愁，
春风满面上赌楼。
归时不觉天已晓，
悔教夫婿空床候。

（二）

放炮元知万事空，
但悲不见三六筒。
待到夜半归家时，
上床不敢惊老公。

（三）

男女老少垒长城，
乌烟瘴气笑骂盈。

天已达旦无归意，

可怜家中小书生。

2021. 8. 8—8. 15

泥古作诗戏题

故作高深故作秀,
千年时光任倒流。
旧人旧事行间隐,
古音古义字里求。
学舌鹦鹉不晓意,
效颦东施何知丑。
晦涩佶屈犹天书,
老瓶还需装新酒。

2021. 8. 31

苦 雨

上苍施法不依人,
细雨绵绵亦伤神。
莫道烟云遮望眼,
毕竟泥泞碍出门。
暑热未去气躁躁,
天漏不止意沉沉。
久霖但得晴方好,
收拾心情把句吟。

2021.9.22

公司债发行戏题

东风吹罢西风稠，
功上凌烟人未休。
波汹浪翻空着急，
日思夜梦枉自愁。
江郎犹才堪大任，
冯唐虽老亦风流。
纵怀五洋捉鳖术，
不在其位何为谋？

2021.11.20

续"我有一壶酒"

我有一壶酒,
足以慰风尘。
枣山诩老手,
奎阁弄余春。
庙堂世情薄,
江湖道义深。
千杯何须辞,
但醉不负君。

2021. 12. 29

贺北京冬奥会开幕

小雪花幻大雪花，
五环复又耀京华。
节气倒转堪浪漫，
微火顺生何奇葩。
健儿跃跃欲试手，
嘉宾攘攘尽乘槎。
相逢携手向未来，
五洲四海共一家。

2022. 2. 4

观北京冬奥会闭幕式

冰雪激情二八天,
今宵圣火已熄焰。
五环旗降双奥城,
九州名扬四海边。
云乱终归难蔽日,
霜寒毕竟易觉暖。
杨柳依依寄别情,
相约米兰再相见。

2022. 2. 20

体检有感

岁月无情似流年，
微身渐不如昨天。
水中较劲迟上岸①，
席上争雄早梭边②。
无症亦忧高血压，
有口难开前列腺。
老妻絮叨千百遍，
不及郎中三两言。

①水中较劲，指游泳。
②席上争雄，指拼酒。

2022.5.8

农民工

（一）

举目望城楼，
心中万般愁。
纵是亲手造，
无钱只摇头。

（二）

一砖一瓦砌天高，
双手建房千百套。
夜半山妻那头问，
何日回家修棚茅？

2022. 5. 12

会迷戏题

正襟危坐扬尊威,
日夜连轴谁解累。
举目台前皆雾漫,
出门脑后尽灰飞。
豪言壮语嘴一口,
慢品细酌茶两杯。
岁岁年年长相伴,
乍然无尔意何归?

2022.6.22

参加重庆大学现代金融知识培训有感

炎日火城习内功,
金钱游戏兴无穷。
山中老虎若添翼,
拼将白头问昊穹。

2022. 7. 28

炎日偶怀

虔诚仰首问天神，
何以如斯捉弄人。
热浪腾腾灼五内，
汗流漉漉透全身。
移山未可忘佛手①，
伐木谁惜动斧斤。
劝尔莫要随欲惯，
冤冤相报讵无因？

①佛手，挖掘机。

2022.8.17

逆淘汰有感

稗花不去稻苗衰,
劣币亦驱良币来。
怀石投江大夫死[①],
赐金还履谪仙哀。
忠臣无路腾云雾,
奸贼有谋居钓台[②]。
劝尔漫嗟世间恶,
鞭捶老骥奈何哉。

① 大夫,三闾大夫,屈原。
② 钓台,此指高台、高位。

2022.8.27

跋

  莫道桑榆晚，为霞尚满天。自拙作《穿越集》付梓之后，这本《转蓬集》又问世了。无论是在写作还是在出版过程中，都凝聚着不少同事和朋友的关心与鼓励、帮助与支持，在此深表谢忱！

  夕阳无限好，只是近黄昏。面对妙趣横生的生活、对酒当歌的人生和鸟语花香的世界，我将一如既往地去吟写那无愧于自己、无愧于亲友、无愧于时代的诗章。

吉中君

2023.8.18